길에서 만나는 얼굴 없는 스승들

길에서 만나는 얼굴 없는 스승들

발행일	2020년 1월 3일		
지은이	이영수		
펴낸이	손형국		
펴낸곳	(주)북랩		
편집인	선일영	편집	오경진, 강대건, 최예은, 최승헌, 김경무
디자인	이현수, 한수희, 김민하, 김윤주, 허지혜	제작	박기성, 황동현, 구성우, 장홍석
마케팅	김회란, 박진관, 조하라, 장은별		
출판등록	2004. 12. 1(제2012-000051호)		
주소	서울특별시 금천구 가산디지털 1로 168, 우림라이온스밸리 B동 B113~114호, C동 B101호		
홈페이지	www.book.co.kr		
전화번호	(02)2026-5777	팩스	(02)2026-5747

ISBN   979-11-6539-006-8 03810 (종이책)   979-11-6539-007-5 05810 (전자책)

이 도서의 국립중앙도서관 출판예정도서목록(CIP)은 서지정보유통지원시스템 홈페이지(http://seoji.nl.go.kr)와
국가자료공동목록시스템(http://www.nl.go.kr/kolisnet)에서 이용하실 수 있습니다.
(CIP제어번호: CIP2019053609)

(주)북랩 성공출판의 파트너

북랩 홈페이지와 패밀리 사이트에서 다양한 출판 솔루션을 만나 보세요!

홈페이지 book.co.kr   •   **블로그** blog.naver.com/essaybook   •   **출판문의** book@book.co.kr

길에서 만나는
얼굴 없는 스승들

이영수 에세이

북랩 book Lab

소리의 장을 펼치며

34년간의 공직생활을 마치고 퇴직을 해서 야인으로 살다 보니 때로는 무료하고 때로는 답답하기도 했다.

무료를 달래기 위해 산행도 하고 친구들과 어울려 밥도 먹고 바깥세상이 궁금하여 가끔은 여행도 해본다.

산행을 하며 자연에서 보고 듣고 하는 느낌을 그냥 흘리기가 너무 아까워서 자연의 소리에 귀를 기울여보니 사람의 삶보다 더 질서가 있고 배울 가치가 있다는 것을 깨닫게 되었다. 사회생활의 관계 속에서도 우리에게 말없이 가르쳐주는 삶의 지표와 도리를 배울 수 있는 교육의 장이 여기저기에 펼쳐져 있었다.

그리고 사람의 길을 벗어난 행동이나 행위에 대해서는 마음의 변화와 참회의 인도로 안내하는 글귀가 거리, 음식점, 화장실, 달리는 버스, 지하철 역사, 가로등까지 우리 주변 모든 곳에서 우리를 바라보고 있었다.

사람은 완전체가 아니기 때문에 실수하고, 실패하면서 성숙해가는 것인지도 모른다.

자연 속 미물이나 생명체에서도 내가 배워야 할 덕목이 있었고,

사회의 관계 속에서도 지켜야 할 도리와 질서가 자리했으며, 여행의 여정 속에도, 정서와 감정이 자리한 그곳에도 사랑과 기쁨이 있다는 것을 배우게 됐다.

우리는 평생 가정에서, 학교에서, 사회 속에서, 그리고 자연에서 배우고 있다. 분명 그런 관계 속에서 성장하고 성숙해 온 것 같다. 그래서 하루가 더 알차고, 한 주가 더 보람 있고, 한 달이 더 행복해지는 것인지도 모른다.

인생은 영원하지 않기에 스토리가 있고, 그래서 즐거움이 있는가 보다.

더 알차게 영그는 벼처럼 인생도 자연과 사회, 시간과 공간 속에서 더 성숙해지도록 보고, 듣고, 느끼고, 깨달아서 여러분의 삶의 영역을 확장해 가기를 바라며 이 작은 이야기를 공유하고자 한다.

'내가 살아가는 이 세상 속, 내 주변에 있는 모든 것은 나를 인도하는 얼굴 없는 스승이시다.'

이 세상에서 가장 소중하고 가장 가치 있는 사람은 바로 자기 자신인 "나"이며 나에 대한 최상의 조언자도 바로 "나"이다.

들판에 핀 야생화나 잡초들이 저마다 불평하지 않고 제 모습으로 꽃을 피워 각자의 아름다움을 품어내듯이 당신도 또한 당신만의 위대한 매력을 말하고 표현하는 자세를 가져야 할 것이다.

개성은 곧 자기 자신을 사랑함으로써 생기는 것이기 때문이다.

남들 앞에 자기를 들어내고 표현하는 것이 곧 자기의 꼴값이라고 믿는다.

다가오는 시대는 자기 계발의 시대, 자기 표현의 시대, 자기 개성의 시대가 다가온다.

이럴 때일수록 남들 앞에 자신 있게 드러내고 표현하자.

목차

Ⅱ. 자연의 소리

Ⅲ. 우화의 소리

Ⅳ. 여행의 소리

사람의 소리

저녁 늦게까지 일하고 돌아가는 농부가 밤하늘의 별을 바라보며 내일을 설계하듯, 아침 일찍 출항하는 어부가 새벽 동트는 햇살의 아름다움과 힘차게 뻗어나는 기운을 마시며 만선을 꿈꾸듯, 우리도 힘들고 지칠 때 가끔은 하늘을 바라보며 아름답게 빛나는 별들도 있다는 것을 알아야 한다. 그리고 답답하고 외로울 때 먼 산을 바라보며 수많은 생명이 연주하는 자연의 교향곡을 들으면서 내 인생의 쉼표를 만들어 삶의 가치를 더해 가야 되겠지.

이제부터라도 자신의 사소한 행위에도 아름다움을 느낄 수 있는 하루가 되도록 쉼표를 잘 활용해야 하는 기회를 만들어야 한다.

쉼표 없는 악보나 쉼표 없는 문장이 없듯이 우리의 삶의 과정에도 반드시 쉼표를 찍어야 할 때가 가끔씩은 누구에게나 찾아온다고 본다.

지루하거나 짜증 날 때, 피곤하거나 일의 능률이 오르지 않을 때, 때로는 삶의 의미가 희미해져 갈 때는 한 번쯤 쉼표를 찍고 호흡을 조절하는 시간이 필요하지 않을까?

휴식은 많은 돈과 시간을 필요로 하지 않는다.

휴식은 열심히 일한 당신에게 주어진 인생의 선물일지도 모른다.

나의 꼴값은 얼마나 될까?

누구나 인생을 살면서 자주 듣고 접하는 단어 중에서도 특히 익숙하게 듣는 말!

무시하고 비하하며 놀리는 의미로 자신도 종종 타인으로부터 듣고 나도 똑같이 남에게 건네는 말, '꼴값!'

그러면서 아무렇지도 않게 느끼며 살아간다.

꼴값은 무엇이며 얼마나 할까?

참 궁금했다. 그래서 사전을 찾아보았다.

첫 번째로 '얼굴값을 속되게 이르는 말' 또는 '격에 맞지 않는 아니꼬운 행동을 할 때를 이르는 말'이라고 나와 있다.

꼴은 소가 먹는 풀을 말하는데, 사람은 밥을 먹고 밥값을 하지만 소는 꼴을 먹고 꼴을 먹은 값, 즉 꼴값으로 일을 하는 거란다. 그런데 사람 보고 꼴값한다고 하면 하는 짓이 소 같다는 말, 즉 하는 짓이 짐승 같아 보인다, 사람처럼 안 보인다는 말과 같은 것이 아닌가?

얼굴이 반반하고 잘생기면 반드시 무슨 일을 저지른다는 사회로부터 내려온 비과학적이고 비도덕적인 틀에서 근거 없이 사용되어 온, 인간만이 사용하는 속어에서 비롯된 말이라고 본다.

'반반한 여자 꼴값한다더니 결혼 전에 애를 가졌다지?'라고 흉을 보는 말이 있다.

어떤 인간의 행동 기준, 즉 도덕이나 윤리, 규범에 좀 어긋나면 곧바로 쏟아내는 일상의 언어에 불과하다고 본다.

예쁘고 아름답게 생긴 사람이 모든 사람에게 관심과 사랑을 받기 때문에 행동이나 마음가짐을 바르게 가져달라는 무언의 질타 내지는 경종이 아닐까 생각한다.

꼴값은 결국 얼굴값이라는 말인데 잘생긴 얼굴에 걸맞거나 어울리는 행동, 즉 얼굴이 잘생기면 잘생긴 만큼 가치 있는 의미를 표현하고 행동하며 실천하는 것이 꼴의 값이 아닐까 싶다.

그렇다고 타고난 얼굴에 어떻게 값을 매기겠는가?

다만 자연적인 형태의 모습이 가장 아름답고 보기 좋은 것이라고 본다.

인간은 외적인 것보다는 내적인 것에서 더 많은 감동을 받으며 인간애를 느끼게 된다고 한다.

요즘 의학이 발달하여 너도 나도 성형에 관심이 쏠리고 주저 없이 수술을 해서 얼굴 형태나 골격을 바꾸고 고치는 사람들이 줄을 잇는다고 한다.

뜯고, 자르고, 깎고, 넓히고 해서 변화시키면 좋은 쪽, 긍정적인 쪽으로 변하는 것도 있지만, 원치 않게 후회와 번민 속에 살아야 하는 경우도 있다.

성형으로 얼굴만 바꾸어 버린다고 모든 것이 변하는 것은 아니다.

아름다움의 가치는 꾸준한 자기 관리와 스스로에 대한 사랑으로 만들어 간다고 본다.

꼴을 바꾸고 싶은 욕망, 그 욕망을 실행에 옮기는 것은 자유지만 그것으로 인해 예뻐지고 고와진 만큼 인간적이고 예쁜 마음씨를 가지면 얼마나 좋을까?

얼굴에 깊게 패인 세월의 흔적은 충분히 지울 수 있지만, 머리와 가슴 속에 숨겨진 사고의 틀은 좀처럼 고쳐지지 않는다.

두 번째로 꼴값은 나잇값을 지칭하는 것으로 사람에게 많이 사용되는 말이다. 나이가 어릴수록 그 값이 크며 나이가 많아질수록 하는 행동이나 품행이 나이에 맞지 않고 엉뚱한 행동이나 말을 하는 경우를 말하는 것 같다.

어린아이는 순수하고 영혼이 맑아 거짓이 없기 때문에 천금 같은 나이라고 하며, 나이가 들수록 인간의 도리와 품격이 떨어지는 것을 볼 수 있다.

우리 속담에 40대가 되면 자기 얼굴에 책임을 져야 한다는 말이 있다.

그만큼 자기 나이에 걸맞은 행동을 하고 품위를 지켜야 사람

구실을 할 수 있다는 뜻이 내포된 것임을 알 수 있다.

세 번째로 꼴값이란 사물의 생김새나 됨됨이란 뜻이지만 일반적으로 부정의 의미가 강한 쪽으로 사용되는 단어인 것 같다. 예를 들면

① "꼴좋다"란 하던 일이 낭패를 보아서 망신스럽게 된 상태일 때 쓰는 말이고

② "꼴이 말이 아니다"란 의미는 옷차림이 누추하거나, 얼굴이 야윔을 나타내고

③ "꼴사납다"란 옷차림이 격에 어울리지 않거나, 얼굴이 험함을 표현하는 내용일 것이다.

네 번째로 꼴값은 상대를 비아냥거리거나 욕하는 뜻으로 '지랄하네' 또는 '웃기고 자빠졌네'라고 비아냥거리거나 조롱하는 뜻으로 표현되는 것도 있다.

넘치거나 모자라도 역시나 꼴값으로 표현해버린다.

적당하게, 알맞게 튀지 않고 보통으로 살아간다는 게 참으로 어렵다는 것을 느끼게 된다.

나는 모든 사람이 최소한 꼴값은 해야 한다고 생각한다.

생긴 대로 행동과 품위를 갖추고 자기가 하는 일에 대해, 직분과 구성원에 대해 제값을 다한다면 빈정대거나 부정적으로 보는 시각은 사라지지 않을까?

요즈음은 자기 자신을 감추는 세대에서 적극 표현하는 세대로

시대가 바뀌어 당당하게 나타내는 것이 대세인 것 같다.

어원을 찾아보니 다음과 같이 표현되어 있는 사전도 있었다.

인터넷을 보면 꼴값의 뜻이 자기를 표현하는 것, 자기를 표현함으로써 자기가 넓어지고 자기를 실현하는 기본욕구를 충족시키는 것이며 자기 표현은 인간교육에서 가치 있는 활동이라고 한다.

따라서 자기 모습을 남 앞에 떳떳하게 나타내고, 자신의 모든 것 감정, 사고, 욕구 등을 솔직하게 표현하며, 자기 비전과 각오를 밝히는 자세야말로 당당한 모습이라고 생각한다.

기업이나 회사에 입사할 때 이력서와 함께 자소서를 제출하는데 이력서란 말 그대로 개개인이 거쳐 온 과정을 적는데 비해 자소서는 한 개인을 보다 깊이 이해할 수 있는 중요한 자료로서 성격, 인생관, 대인관계, 일의 적응력, 성장 배경이나 장래성, 장점까지 종합적으로 가늠해보는 자료이기 때문에 자신을 보다 적극적으로 표현해야 하는 이유일 것이다.

아름다운 외모는 동서양을 막론하고 역사가 시작된 이후 아니 앞으로도 모든 사람의 부러움과 바람일 것이다.

왜냐하면 외모는 그 사람이 가진 여러 특징 가운데 일부인데도 그것을 마치 전부인 것처럼 여기는 사회 분위기, 즉 외모를 기준으로 잘난 사람과 못난 사람을 나누어 판단하는 비정상적인 사고가 만연해 있기 때문이다.

예를 들면 차별적 대우, 무시, 관용과 비관용, 연애, 취업, 승진

등 전반적인 사회활동에 영향을 주는 요인으로 작용하고 있다는 것이다.

나 자신도 외모보다는 내면의 아름다움, 성격, 품행과 행실이 바른 것이 더 중요하다고 생각하면서 눈으로 보는 순간 외모를 따지고 빠져드는 이중적 모순을 지니고 있는데, 이는 인간이기 때문일 것이다.

사람을 겉모습으로만 판단하지 말고 내면도 들여다볼 줄 아는 지혜도 함께 가진다면 서로에게 상처 주지도, 받지도 않는 아름다운 사회가 만들어지지 않을까?

개개인을 놓고 보면 모두 귀하고 소중하며 지구상에서 무엇과도 바꿀 수 없는 가장 가치 있는 존재임은 틀림없다.

'나'라는 존재는 65억 세계 인구 중 제일의 가치를 지닌 보배라는 사실을 인지해야 한다.

누가 알아주지 않아도 내가 존재함으로써 다른 아름다움이 있고 내가 살아있음으로써 가치가 주어지는 것 아니겠는가?

내가 존재하지 않는 이상 세상의 모든 것은 의미가 없다.

내가 살아있기에 모든 것이 의미가 있고 가치가 주어지는 것이다.

그 의미와 가치는 내가 부여하는 것이므로 나는 창조의 능력을 가진 위대한 존재라고 보면 나는 참 대단한 인간이로구나 하는 자부심을 가져야 할 것이다.

이 세상에서 가장 소중하고 가장 가치 있는 사람은 바로 자기 자신인 '나'이며 나를 이끌어줄 최상의 조언자도 바로 '나'이다.

들판에 핀 야생화나 잡초들이 저마다 불평하지 않고 제 모습으로 꽃을 피워 각자의 아름다움을 품어내듯이 당신 또한 당신만의 위대한 매력을 말하고 표현하는 자세를 가져야 할 것이다. 개성은 곧 자기 자신을 사랑함으로써 생기는 것이기 때문이다.

남들 앞에 자기를 들어내고 표현하는 것이 곧 자기의 꼴값이라고 믿는다.

다가오는 시대는 자기 계발의 시대, 자기 표현의 시대, 자기 개성의 시대이다.

이럴 때일수록 남들 앞에 자신 있게 드러내고 표현하자.

이숙영 씨의 『성공의 길은 내 안에 있다』를 보면 '언제나 남의 발자국을 밟으며 가는 사람은 자신의 발자국은 남기지 못한다.'고 한다.

세상이 변하는 것에 '나'를 맞추지 말고 내가 세상의 중심이 되어 변화를 일으켜야 할 것이다.

그래야만 성공석인 삶, 보람 있는 생을 보낼 수 있지 않을까?

남이 나의 꼴값을 높여주는 경우도 있지만, 자기 자신이 노력하고 쌓아가는 것이 훨씬 더 중요하다고 본다. 이름값, 나이 값, 자리 값이 모두는 자기 하기 나름이기 때문이다.

　이제부터라도 나의 꼴값을 더 높이고 가치 있게 만드는 일에 열
중해 보자.

　첫째 자기를 긍정적으로 생각하고 행동하자.

　그래야만 남 앞에서 당당해질 수 있다. 아는 것이 적다고, 가진
것이 없다고, 얼굴이 못생겼다고 주눅 들지 말고 자신이 나름의
개성과 특성을 가진 가치 있는 사람이라는 사실을 알고 내가 있
으므로 상대의 모든 것이 가치 있게 되는 것, 즉 상대의 가치는
나로 인해 부여되고 높아지는 것이라고 생각하는 것이다.

　둘째 연륜이 쌓일수록 경험과 일에 대한 노하우가 쌓여가므로

그에 걸맞은 행동을 하고 품위를 가질 줄 아는 사람이면 좋겠다는 생각을 하고 행동하자.

자기 주제를 모르는 사람, 철없는 사람, 속없는 사람들을 가리켜 나잇값을 못한다고 말을 한다.

나는 내 주제에 맞게 당당하게 나서고 표현하고 행동하는 것이 나의 꼴값을 나타내는 것이라고 본다.

셋째, 내가 있는 곳이 어디든, 어느 시점이든 위축되거나 작아져서는 안 된다고 본다.

내가 있어서 네가 존재하는 것이지, 네가 있어서 내가 존재하는 것이 아니다.

자리란 사람이나 물체가 차지하고 있는 공간도 되고 사람의 몸이나 물건이 어떤 변화를 겪고 난 후 남은 흔적 또는 사람이 앉을 수 있도록 만들어 놓은 설비나 지정한 곳이라고 사전에 나와 있다. 한마디로 자리란 나를 중심으로 한 내 주변의 모든 시·공간을 뜻한다. 그 시·공간에 내가 존재한다는 부정할 수 없는 사실과 모든 가치가 나로 인해 만들어지고 의미가 부여된다는 것을 잊지 말자.

자기의 가치를 모르는 사람들, 자신의 존재가 얼마나 위대하고 고귀한 것인지를 깨닫지 못하는 사람들, 아무 쓸모가 없다고 한숨짓는 사람들은 기억하자.

존재하는 모든 것은 그 나름대로의 능력과 가치를 가지고 있다는 사실과 지금은 보잘것없는 것도 내일은 어떻게 쓰일지 아무도 모른다는 사실을!

　오늘 하루 '나'의 존재가치를 되새겨보는 날이 되었으면 한다. 그래서 급속도로 변화하는 시대에 나의 꼴값도 높이고, 내게 정당한 값이 매겨지도록 스스로 노력하는 자세가 필요하다고 본다.

　어느덧 한 해가 저물어 가고 새해가 다가오고 있다. 새해는 누구에게나 새 무대를 펼칠 기회를 준다. 그 무대의 주인공은 바로 자기 자신이라는 걸 잊지 말라고 칼럼에 적으신 대학교수님의 말씀을 전하면서 이만 마치겠다.

인생의 쉼표

인생의 쉼표!

사람에겐 일이 필요하지만, 그 일의 능률을 올리기 위해 적당한 휴식도 필요하다고 본다.

일을 하기 위해 에너지를 쏟다 보면 체력의 한계를 느낄 때가 있다.

최원현의 『기다림의 꽃』을 보면 '기계도 쉬지 않고 쓰기만 하면 쉽게 마모되어 고장이 나듯, 기계를 오랫동안 잘 쓰는 비결은 적당히 사용한 후 적당히 쉬게 하고 때맞춰 기름도 쳐주는 것이라고 한다.'라는 말이 나온다.

젊은 날에는 오랜 시간 동안 버티고 넘어갈 수 있지만, 세월이 흐른 어느 날 한계를 극복하지 못하고 힘들다는 느낌이 올 때쯤이면 몸은 피로하고 마모되어 회복이 어려워진다. 자동차로 말하자면 브레이크가 고장 난 차!

멈춰야 할 때 멈추지 못하면 사고가 나듯이 인생의 쉼표는 인생의 브레이크와 같은 것이라고 생각한다.

　노래를 부르는 가수들이 악보에 표시된 쉼표에 따라 숨을 쉰다. 그렇게 숨을 쉬고 나서 다시 노래를 해야 멋지고 그들의 아름다운 목소리가 만들어지듯이 우리의 인생도 마찬가지다. 삶의 중간중간 쉬고 재충전해야 밝고, 즐겁고, 보람 있는 삶을 살아갈 수 있다고 본다.

　쉼은 우리 생활을 보다 활기 넘치고 의욕을 갖게 하는 비타민 같은 청량제 역할을 한다고 본다.

　학교에 다닐 때도 50분 공부하고 10분 휴식하며, 직장인들도 2시간 일하고 잠시 휴식하거나 커피나 담배 또는 잠깐 잠을 자거나 대화를 나누며 머리를 식히는 과정을 통해 일의 능률이나 생산성 증대를 가져올 수 있다고 한다.

　일주일은 7일. 그중 하루는 일요일로 재충전의 기회라는 의미로 휴일이 되었고 사회가 점점 더 복잡다단해지면서 토요일, 일요일 이틀간은 인생을 재발견하는 시간이 되었다.

　그런데 사람들은 살아가면서 자신을 위해 투자하는 시간과 경비가 얼마나 되는지는 생각해보지 않는 것 같다. 인생을 살아가면서 뒤돌아보는 시간을 가져본 적이 없기 때문이겠지.

　어릴 땐 공부하느라 바빴고 성인이 되면서 돈 벌기 위해, 직장에 들어가서는 인정받기 위해 열심히 뛰었으며, 결혼한 후에는 가정을 위해 헌신했고, 자녀를 기르고 가르치기 위해 흘리는 땀

조차 고마워했던 시절. 쉼표 없이 앞만 보며 지칠 줄 모르고 바쁘게 달려왔던 지난날….

너무 빨리 달려왔기에 우리는 너무나 많은 소중한 무언가를 잃어버린 채 살아왔다.

내가 남에게 배려했어야 할 것….

내가 남에게 용서했어야 할 것….

내가 남에게 베풀어야 했던 것….

내가 남에게 주어야 할 사랑을 주지 못한 것….

남이 나에게 준 정성과 온정, 자비에 감사할 줄 모르는 바보 같은 시간.

우리는 이런 것들을 놓치고 내 목표, 목적만을 위해 쉼 없이 달려간 것 같다.

그리고 한참을 달려가다 되돌아보면 허무하고 후회스러운 자기 인생의 쓸쓸함을 보게 된다.

박성철은『당신의 이름은 희망입니다』에서 '앞만 보고 달려가는 사람들에게 쉼표라는 것은 악보의 쉼표처럼 단지 멈춤을 의미하는 것이 아니라, 더 큰 도약을 위한 자기 점검의 시간'이라고 한다.

최소한 1년마다 뒤돌아볼 수 있는 시간을 가져 잘못 그려진 부분이 있다면 그 순간부터 수정하고 바르게 고쳐 가면 될 것이다.

인생은 미완성이란 노랫말에 '인생은 미완성 그리다 마는 그림 그래도 우리는 아름답게 그려야 해'라는 부분이 있다.

왜냐구요?

당신의 인생에는 아직도 많은 여백이 남아 있으니까?

앞부분이 잘못된 것이라고, 남 보기 창피하다고 포기해서는 안되며 남은 부분만이라도 아름답게, 즐거운 삶을 그리기 위해 자기 점검 시간인 쉼표를 찍어가며 살아가는 방법을 찾아야 할 것이다.

우리의 삶에서 더 멋진 인생, 더 의미 있는 인생을 살아가기 위해서 말이다.

무작정 앞만 보고 간다고, 쉼 없이 일한다고 삶이 좋아지는 것은 아닐 것이다.

저녁 늦게까지 일하고 돌아가는 농부가 밤하늘의 별을 바라보며 내일을 설계하듯, 아침 일찍 출항하는 어부가 새벽 동트는 햇살의 아름다움과 힘차게 뻗어나는 기운을 마시며 만선을 꿈꾸듯, 우리도 힘들고 지칠 때 가끔은 하늘을 바라보며 아름답게 빛나는 별들도 있다는 것을 알아야 한다. 그리고 답답하고 외로울 때 먼 산을 바라보며 수많은 생명이 연주하는 자연의 교향곡을 들으면서 내 인생의 쉼표를 만들어 삶의 가치를 더해 가야 되겠지.

이제부터라도 자신의 사소한 행위에도 아름다움을 느낄 수 있는 하루가 되도록 쉼표를 잘 활용해야 하는 기회를 만들어야 한다.

쉼표 없는 악보나 쉼표 없는 문장이 없듯이 우리의 삶의 과정에도 반드시 쉼표를 찍어야 할 때가 가끔씩은 누구에게나 찾아 온다고 본다.

지루하거나 짜증 날 때, 피곤하거나 일의 능률이 오르지 않을 때, 때로는 삶의 의미가 희미해져 갈 때는 한 번쯤 쉼표를 찍고 호흡을 조절하는 시간이 필요하지 않을까?

휴식은 많은 돈과 시간을 필요로 하지 않는다.

휴식은 열심히 일한 당신에게 주어진 인생의 선물일지도 모른다.

길고 긴 인생 여정에 늘 뒤를 돌아보며 삶의 길을 모색하고 내일을 즐겁고, 아름답고, 가치 있게 만들 줄 아는 현명한 당신이 되기를 바란다.

제4 교실

사람이 태어나면서 관계, 예의범절, 질서, 준법, 규범, 등을 처음 배우는 곳이 가정이다. 이곳이 제1 교실이며 제2 교실은 공동체를 통한 학교 교육이고 제3 교실은 나를 중심으로 한 사회의 모든 관계에서 배우는 사회교육이고 제4 교실은 바로 이곳이 아닌가 생각된다.

사람이 살면서 남이 대신해 줄 수 없는 일이 두 가지가 있다고 한다.

그중 하나가 배설과 배뇨이다. 이것을 해결하는 장소, 즉 대소변을 보도록 만들어 놓은 곳을 변소라고 부른다.

옛날에는 뒷간이라고도 하고, 소변소, 측간, 측실, 정방, 통시혼헌, 제주도에서는 통시라고 하며 오늘날에는 화장실이라고 쓰고 있다.

이북 지방에서는 변소간이란 말로 사용되는 듯하다.

뒷간은 건물 뒤쪽에 있는 공간으로 똥오줌 누는 공간.

측간(칙간)은 몸속을 깨끗이 해주는 공간.

측실은 변을 보는 공간이며 정방은 몸을 깨끗이 한다는 말이고 서각이나 혼헌은 궁중에서 화장실을 이르는 말이라고 한다.

북수간은 뒷물을 하는 공간

통시는 대변을 볼 때는 떨어지는 소리가 '통' 하고 나며, 소변을 볼 때는 '시' 소리가 난다고 하여서 붙은 명칭이라고 한다.

해우소는 생리적 현상뿐만 아니라 마음의 근심까지 소멸시키는 공간이라고 한다.

세상에서 가장 시원해했을 때가 언제였느냐고 물어보면 각자 느끼고 경험한 일을 이렇게 표현하곤 한다.

진하게 술 마시고 다음 날 얼큰한 짬뽕 국물을 들이키는 순간 목구멍에서 느끼는 시원함, 직장 상사에게 야단맞았는데 그 상사가 팀장님한테 혼났을 때, 목이 칼칼할 때 마시는 맥주 한 잔이 주는 시원함도, 한겨울 마시는 차가운 동치미의 시원함도 이보다는 시원하지 않았다.

마라톤을 하는 선수는 목이 마를 때 마시는 물 한 모금이 가장 시원하다고 할 것이고, 한여름 들판에서 일하는 농부는 땀을 시켜주는 그늘이 가장 시원하다고 할 것이며, 숨이 턱턱 막히는 갱도 속에서 일하는 광부는 갱도 밖으로 나왔을 때 호흡하는 신선한 공기가 가장 시원할 것이며, 뜨거운 햇볕이 내리쬐는 태양 아래서는 그늘막이 가장 시원하겠지.

변이 많이 마려울 때 짧은 시간 내에 별로 힘을 주지 않아도 쑥

나올 때가 가장 시원했다는 사람도 있겠지만 이것은 좀 더 참고 견딜 수 있다.

아마 이 세상에서 가장 시원했을 때는 뭐니 뭐니 해도 참을 수도 없고 참으면 병이 되고 더 참으면 터져 평생 불구가 될 수도 있는 일, 참고 참고 또 참았다가 터지기 직전에 배설하는 것. 그때 내뿜는 순간의 느낌은 어느 것과도 비교할 수 없는 천하제일의 시원함이라 말할 수 있다. 여기 참기 힘든 말도 이렇게 표현된 것을 보면 무엇이 시원함인지 알 것이다.

- 내가 사색(思索)에 잠겨있는 동안 밖에 있는 사람은 사색(死色)이 되어 간다.
- 내가 밀어내기에 힘쓰는 동안 밖에 있는 사람은 조이기에 힘쓴다.

변소는 인류가 세상에 존재하는 날부터 함께 있었고 또 함께 변해 왔다.

프랑스의 대문호 빅토르 위고가 "인간의 역사는 곧 화장실의 역사"라고 말했을 정도로 화장실의 변천사는 인간의 문명발달과 함께 변하고 진화해 왔다고 볼 수 있다.

한 나라의 문화 수준을 알려면 먼저 화장실을 가보면 된다는 말도 있듯이 화장실의 역사는 변기로부터 시작되었다고 본다.

과거 변소는 1차적 배설과 배뇨의 장소로만 사용되다 보니 가

급적 인간의 거주공간으로부터 멀리 떨어져 있을수록 좋다고 하였다.

우리 속담에도 화장실과 처가는 멀수록 좋다는 말이 있다.

그러나 세상의 변화와 인간 삶의 질이 좋아지면서 화장실도 주거 공간 안에 자리 잡고 핵가족화, 직업의 다양화, 맞벌이 시대를 맞아 처가도 가까울수록 도움을 받는 시대로 변해가면서 신풍속도가 나타나기 시작했다.

푸세식에서 수거식, 화변기, 그리고 수세식 다음은 용변을 보는 곳과 씻는 곳, 몸 매무새를 다듬는 것까지 한꺼번에 해결하는 공간으로 바뀐 장소가 바로 화장실인 것 같다.

화장실(化粧室)은 될 화(化), 단장할 장(粧), 집 실(室)로 하나의 휴식 공간, 쉼터, 그리고 단장하고 가는 곳, 더 나아가 어린 아기의 수유 공간까지 마련되어 있다.

옛날 뒷간은 정말 사용하기 힘들 정도로 불결하고, 냄새나고, 불쾌하며, 두렵기까지 했다고 한다.

아주 옛날엔 변소가 커다란 통을 땅에 묻고 통 위에 석가래 두개 걸쳐 놓는 정도였고, 그곳에 앉아서 볼일을 보았다.

그 안을 늘여다보면 더러운 오물이 오줌과 섞여 악취(암모니아 냄새)와 벌레가 득실거리는 가장 혐오스러운 장소 중 하나였다.

그리고 그 당시 화장실 벽에는 남을 비방하거나 욕이나 성적 수치심을 느끼게 하는 저질스러운 문구나 낙서가 적혀 있어 문화적 빈곤감을 드러냈다.

외국인이 한국을 찾아와 시골 변소를 체험하고 난 뒤 "한국인은 정말 균형 감각이 탁월한 서커스인들 같다."라고 표현했다는 이야기를 들은 적이 있다.

내가 학생 때 들은 이야기를 소개하고자 한다.

한국의 뒷간, 즉 변소 안에는 눈으로 볼 수 있게 되어 있고 미관상 혐오스럽고 냄새가 많이 나며 구더기라는 애벌레가 살고 있다.

이 하찮은 미물이 우리에게 던져주는 메시지는 무엇일까?

구더기는 파리의 유충이라고 한다. 파리는 변태를 하는데 알-애벌레-번데기-성충의 4단계를 거치는 완전 변태의 전형적인 곤충이다.

파리가 영양분이 풍부한 인간의 변 위에 알을 낳고 그 알이 부화하여 애벌레가 된다. 애벌레는 일정 기간 성장한 후 세상 밖으로 기어 나와 번데기로 변화하고 최종적으로 성충이 된다고 한다.

'생활 속 과학 이야기'에 이런 내용이 나온다. 일부 구더기는 의료용으로 사용하기도 하는데, 메스가 닿기 어려운 부분의 절제 수술이나 괴사성 당뇨 치료 등에 사용된다. 구더기는 괴사한 살만 먹고 괴사하지 않은 살은 먹지 않기 때문에 의료용으로 쓰이는 장점도 있다는 것이다.

아무튼 구더기 애벌레는 우주를 날아보려는 원대한 꿈을 안고 세상 구경을 하기 위해 독 안의 절벽을 천천히 느릿느릿 기어오르고, 그러다 미끄러져 떨어지면 또 오른다. 오르고 내리기를 거듭하며, 지칠 줄 모르는 끈기를 가지고 천천히 오늘도 오르고 있다.

세상 구경이 거의 눈앞에 다가와 마지막 힘을 다해 올라온 그 순간 야속한 뇨총으로 사정없이 쏘아대는 힘에 수직 절벽으로 떨어져 세상을 날아보려는 원대한 꿈이 사라지는가 싶지만, 오직 하나의 목표를 위해 다시 기어오르기 시작한다.

그러기를 수 시간. 드디어 세상 밖으로 기어 나온 구더기는 다음 단계의 탈피를 위해 소리 없이 목적지를 향해 열심히 나아가고 있다.

어려운 고난과 역경을 이기고 세상으로 나온 구더기는 3~4일이 지나면 번데기로 변화하여 성충이 되기 위한 과정을 또 한 번 시도한다고 한다.

5일에서 8일 정도의 긴 터널을 지나면 드디어 바라고 그렇게 간절했던 세상 밖 우주를 향한 날갯짓을 연습한 후 자유로운 우주 비행을 떠난다.

파리의 원대한 꿈을 이루게 했던 구더기의 집념을 우리는 어떻게 생각해야 할까?

화장실 이야기가 생각난 김에 간략하게 소개해보았다.

1980년대부터 우리나라 화장실도 수세식 변소로 변화했다. 화장실 사용에 대한 인식이 바뀌고 있었으나 공원이나 유원지, 공공기관, 고속도로 휴게소 화장실 사용에 대한 인식과 예절이 부족하여 깨끗하고 청결하게, 바르게 사용하자는 내용의 계도 문구가 눈에 많이 들어왔다.

즉 사용자에 대한 공중도덕과 질서 확립에 대한 계몽적이고 선도적 내용이 주류를 이루고 있었다는 것이다.

우리 눈에 자주 등장했던 당시의 글귀들을 찾아보니 재미있는 문구도 있고 해학적이면서 무언의 교훈을 주는 내용들이 많은 것 같다.

- 변은 변기통에 휴지는 휴지통에

- 담배꽁초를 변기에 버리지 맙시다.

- 고객님 변기 안에 휴지를 넣지 말아 주세요!

  (휴지를 변기통에 마구 집어넣어 변기가 종종 막히는 애로사항을 일깨우기 위해 등장한 것 같다.)

- 남자가 흘리지 말아야 할 것은 눈물만이 아닙니다.

- 가까이, 예! 조금만 더, 예 ! 좀 더 가까이, 예! 쉬하세요.

- 최선을 다하다가 소변기가 부서져도 귀하의 책임이 아닙니다.

- 당신이 소유한 총은 장총이 아닙니다. 가까이 와서 쏘세요.

- 당신이 저를 소중하게 다루어 주신다면 제가 본 것을 비밀로 해드리겠습니다(쉿~ 변기 올림).

- 당신은 오줌을 싼 후 떨고 있지만 기다리는 사람은 오줌을 쌀까봐 떨고 있다.

- 당신은 무엇과도 바꿀 수 없는 소중한 것을 잡고 계십니다(흘리지 말아 주세요).

위 내용들은 모두 남자들이 소변기에 소변을 본 후 잔류가 소변기 밖으로 흘러나와 오랜 시간이 지나면 냄새와 악취, 그리고 주변이 불결해지기 때문에 변기 안에다 잘 조준하여 볼일을 보라는 경고성 내지는 형체 없는 스승님의 가르침이 아닌가 싶다.

- 난 너희들이 부럽다 열심히 공부해라 우리가 열심히 청소해 줄 테니(미화원).
- 아름다운 사람은 머문 사리노 아름답습니다.
- 큰일을 먼저 하라 작은 일은 저절로 처리될 것이다(카네기).

  (화장실을 청결하게 사용하고 바르게 이용하라는 청소하는 미화원의 고충을 우화적으로 표현한 내용도 있다.)
- 하루 한 칸만 아껴주시면 1년 뒤 나무 한 그루를 살립니다.

  (물자 절약과 자원 보호, 그리고 마구 버리는 습성도 고치자는 취지의 선도 내용인 듯하다. 이로 인해 의식 수준도 상당히 궤도에 올라온 것은 참 다행이라고 생각한다.)

공중화장실을 찾는 사람들에게 청결한 이미지를 심어주고, 깨끗하고 아름다운 화장실 문화를 가꾸기 위한 시민들의 의식 전환을 기대하는 취지에서 화장실을 깨끗하고 바르게 사용하자는 내용이 주류를 이루었고 공중도덕이나 활용 예절을 잘 지켜나가

자는 뜻을 보여주는 것 같다.

2000년 이후 우리나라 공중화장실은 참으로 많은 변화와 혁신을 거쳐 세계적 화장실 문화를 이룩한 것 같다. 무엇보다도 조명이 은은하게 하고, 외벽도 빛나고, 조화든 생화든 시각적, 공간적으로 편안함과 안락한 분위기를 주기 위해 화장실 안과 밖 및 주변을 아름답게 꾸며 놓은 곳을 많이 볼 수 있다. 요즘은 사람이 화장실 안으로 들어가면 감미로운 음악이 흐르고, 향수가 자동으로 확산되는 장치까지 설치되어 있고, 무엇보다 장애인을 위한 배려가 잘되어 있다.

고속도로 휴게소 화장실을 살펴보면 옷 갈아입는 장소나 아이들 기저귀 가는 곳, 어린아이 수유실, 심지어 텔레비전까지 설치되어 있는 화장실까지 등장했다.

보기 좋은 것이나 아름다운 것을 대할 때는 마음에 동요가 일기 마련이다.

많은 나라를 여행해 보지는 않았지만, 각 나라마다 화장실 환경과 주변 환경 및 시설 여건이 우리나라만큼 잘 되어 있는 나라가 드문 것 같았다.

경제 수준은 세계 10대 국가라고 하지만 화장실 문화는 그보다 훨씬 앞서가는 최선진국 대열에 있는 것 같다.

문제는 그것을 사용하는 국민들의 심성과 자세, 보다 깨끗하고 아름답게 유지하려는 마음가짐으로, 그러한 것들이 좀 더 성숙되어간다면 금상첨화일 것 같다.

그래서 요즘 화장실은 선도나 계도 차원을 넘어서 편안한 휴식 공간, 안락한 생리작용을 해결하는 곳, 고민 상담소, 심성과 인성을 기르는 도장, 전 국민의 의식 수준이나 정신문화를 변화시키는 교실로 거듭나고 있는 것 같다.

그래서 이곳을 제4의 교실이라고 표현하고 싶다.

역사가 깊은 우리나라 불교사찰에 가면 해우소라 불리는 곳이 있다.

욕심도, 근심도, 두려움도 모두 비워내는 곳, 그렇게 모두 비워내면 오장육부가 시원하고 마음이 가벼워지며 자연 속의 신선이 된 기분이 든다.

있는 듯 없는 듯 끊임없는 자신과 자연의 소통이 이뤄지는 곳, 여기가 해우소란다.

2011년 영국 첼시 플라워 쇼에(세계자연정원박람회)에서 황지해 씨가 한국의 전통 화장실 뒷간을 표현한 "뒷간 정원 해우소 가는 길"이 당당히 금메달을 차지한 사실을 볼 때 해우소라는 이름이 말해주듯 몸과 마음을 비우는 공간, 자연과 내가 한 몸이 되는 시간, 나의 인생 행로에 좌표를 제시해주는 철학적 의미까지를 내포하고 있는 것 같다.

21세기 화장실은 마치 사회 교실인 것 같은 착각을 줄 정도로 마음에 와닿는 좋은 말과 글로 장식되어 삶에 찌들고, 스트레스를 많이 받는 요즘 사람들에게 청량제 같은 역할도 하는 것 같다.

살아가면서 가져야 할 마음가짐이나 유머, 무심하게 지나치는 작지만 소중한 것을 깨우쳐주는 교실, 스승의 말처럼 아름답게 붙어 있다.

공원이나 고속도로, 및 관광명소 화장실, 사람들이 많이 모이는 공중화장실 지하철 스크린도어 등에 아름답게, 또는 멋들어지게 붙어 있는 명언, 귀감이 되는 글들을 모아보았다.

- 그림자와 여자와 돈은 같다. 쫓아가면 도망가고 기다리면 쫓아온다.
- 화장실은 자기 계발을 할 수 있는 성스러운 공간이며 쉼터이자 휴식처이다.
- 지금 처한 상황을 아무리 노력해도 바꿀 수 없다면 그 상황을 바라보는 내 마음가짐을 바꾸십시오. 그래야 행복해집니다(혜민 스님).
- 무엇을 가지고 태어났느냐가 아니라 자기가 가진 것으로 무엇을 이루어 내느냐가 사람들 간에 차이를 만든다(넬슨 만델라).
- 위대한 인물에게는 목표가 있고 평범한 사람에게는 소망이 있을 뿐이다.
- 보석이 귀하다 하나 일상에서 흔히 맛볼 수 있는 물 한 방울보다 못할 때가 있다.
- 가난하게 태어난 것은 당신의 잘못이 아니지만 가난하게 죽은 것은 당신의 책임입니다.
- 몸을 낮추는 자만이 남을 지배할 수 있다.

- 상황은 언제나 바뀔 수 있다. 내가 바뀌지 않기 때문에 해결되지 않는 것이다.
- 매일 날씨가 좋으면 울창한 숲도 사막이 될 수 있다(비, 바람은 거세고 귀찮은 것이지만 새싹을 키우는데 필요한 존재이기 때문이다).
- 실천하기 가장 좋은 날은 오늘이고 실행하기 가장 좋은 시간은 지금이다. (화장실에 있는 시간을 잘 이용하면 유용하고, 무심코 지나치면 그냥 버리는 시간이 되겠지.)

요즘 기업이나 공공기관에서는 화장실을 이용한 기업홍보, 내지는 공지사항, 회사와의 경영과 관련된 소통 공간으로도 활용하여 좋은 결과를 얻는다고 한다.

호남고속도로 오수(임실)휴게소에는 화장실 내에 주인을 위기에서 구하고 죽었다는 오수견의 충견에 대한 일화를 소개하는 그림과 이야기를 게재하여 인성 교육의 장으로도 활용되고 있다.

아름다운 공간.

여유 있는 쉼터.

문화와 지혜의 샘터로 변화해가는 우리의 화장실을 바르게 사용하자.

누구를 위해서가 아니라 성숙된 시민의식의 세계화를 위해서. 그리고 당신 자신의 인간됨을 행동으로 보여 주기 위해서라도 바르게 사용해야 할 것이다.

내가 화장실에 붙어 있는 문구를 본 것 중 가장 인상에 남는
것은 바로 이것!

웃으면서 배워라 왜냐하면 우리 모두는 실수를 저지르니까!
인터넷에 이런 글이 있다.

웃음은 거짓이 없으며 솔직담백하다. 현재 있는 그대로의 자신
을 표현하기 때문에 세상에서 가장 깨끗하고 투명한 언어, 아름
다운 꽃 중의 꽃이라고 한다.

왜냐하면 웃음은 만병을 치료할 수 있고 웃음은 우리의 건강을 지키는 파수꾼이며 웃음은 노화방지를 위한 천연의 명약이기 때문이다.

러셀은 이렇게 외쳤다고 한다.

"웃음은 가장 값싸고 효과 있는 만병통치약이다."

일찍이 우리 조상님들은 현명하게도 웃음이 가장 가치 있는 덕목이기에 때문에 웃는 사람에게 많은 복이 온다고 소문 만복래(笑門 萬福來)를 써서 붙여 두었던 것이 아니겠는가?

노먼 커즌스도 "웃음과 긍정이 우리에게 주는 선물은 건강한 삶이다"라고 했다.

웃음은 생리적으로도 피를 잘 순환시켜주며 소화도 잘 되게 한다고 한다.

그래서 웃음은 이 땅에 존재하는 모든 만물 중에서 사람만이 갖는 특권이라고 하는 것인지도 모른다.

당신에게 부여된 특권을 누리지 못하는 것은 당신의 앞길에 크나 큰 장애가 될 수도 있다는 것을 기억하길 바란다.

< 어느 공용버스터미널 화장실 >

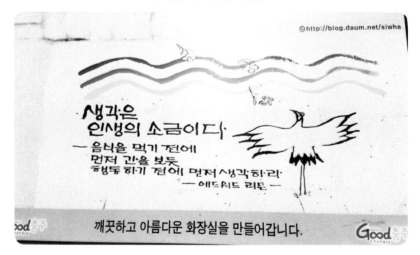

여유(餘裕)

내가 벌써 교직에서 정년퇴직한 지도 8년이 되어간다.

아침 9시가 되면 거의 매일 남산에 올라 신선한 공기와 새들의 교향곡 그리고 들꽃들이 계절을 바꿔가며 피워주는 형형색색의 아름다운 꽃과 향기는 마음을 치유하고 여유를 즐기기에 더없이 좋은 코스였다.

거의 매일 같이 동행하는 퇴직 교원 7~8명이 모여 산을 오르다가 중간중간에 운동기구를 이용해 건강을 다지고, 좀 더 올라가다 보면 나오는 옹달샘에서 시원한 약수를 마시고, 쉼터에 앉아 지나온 날의 추억을 나누고 자녀에 대한 이런저런 이야기, 사회 전반 돌아가는 세상사에 대한 정보와 의견을 나눈다.

산에 오는 사람들은 저마다 사연이 있고 목적이 있겠지만, 우리에게는 그저 노년을 즐겁고 건전하게 보내는 취미생활의 일종이라고 보면 좋을 것 같다.

여유란 무엇일까?

성급하게 굴지 않고 사리 판단을 너그럽게 하는 마음이라고 사전에 적혀있다.

아무 일도 하지 않고 그저 편히 쉬는 게 여유는 아닐 것이다.

여유는 물질적인 것, 시간적인 것, 공간적인 것의 요소가 맞아야 제대로 맛볼 수 있는 삶의 과일인 것 같다.

물질적인 측면에서 여유는 매우 중요하다고 본다. 경제적으로 여유가 있다는 것은 돈이나 재산을 많이 소유하고 있어 다른 사람보다 넉넉하고 풍요롭게 삶을 영위하며 즐겁게 세상을 보낼 수 있다는 뜻이다.

이것은 여유를 만드는 가장 중요한 요소이며, 많은 사람이 그렇게 생각하고 굳게 믿고 있는 사실이다.

돈이 있어야 경제적으로 안정된 삶을 영위하고 그 삶 속에서 여유로운 생활을 할 수 있겠지.

그렇지만 꼭 돈이 있어야 여유를 만끽하는 것은 아닌 것 같다. 물질적 풍요 속 정신적 빈곤 때문에 여유를 찾지 못하는 사람도 종종 볼 수 있으니까 말이다.

많이 가진 자가 꼭 행복하고 즐거운 인생을 사는 것은 아니다.

가진 것이 적어도 마음이 넉넉하면 삶에 여유가 생기고 시간의 여유도 함께 생겨 보다 효율적인 삶을 살지 않을까 생각해본다.

여유로운 시간을 가지는 것은 자신의 삶을 되돌아보고 반성하면서 올바른 삶을 위해 준비할 수 있는 시간을 버는 것, 즉 여유는 어느 특별한 시간에 주어지는 것이 아니며 이 순간 우리가 누려야 할 시간을 찾아 실천하는 것이다.

공간적인 요소는 경제적, 시간적 여유가 있을 때 즐기는 공간을 말한다. 문화를 즐길 수 있는 공간, 즉 영화, 연극, 전시회, 공연, 축제, 여행, 음악 감상 등의 취미생활과 각종 오락 문화 활동을 하는 곳으로, 그런 곳을 찾아 스트레스를 해소하고 심신의 안정을 되찾는 것은 물론 마음의 휴식을 얻는다면 삶의 질은 향상되리라 본다.

우리 일행은 모여 2시간 정도 소일 겸, 운동 겸, 휴양 겸 산에 오르고, 내려오면 가끔은 돌아가며 점심을 함께 먹는다.

오늘은 아주 먼 소학교 시절 먹었던 꽁보리밥이 생각나 보리밥 뷔페 '단지'라는 식당에 갔다. 그때는 보리밥에 고추장 하나만 있어도 무척 맛있고 즐거운 식사였는데, 요즘은 보리밥이 다이어트 음식 내지는 건강식으로 바뀌어 많은 사람이 찾아온다.

옛날에는 먹고 살기 힘들어 보리밥을 먹었는데, 지금은 건강을 위해 보리밥을 먹으니… 세월이 많이 흘러 노인 대접을 받는 나이가 되어 생각해 보니 상전벽해라는 말이 실감이 난다.

그 보리밥집 벽에 인생의 경험에서 빚어낸 주옥같은 글귀가 내 눈에 딱 들어왔다.

그중에서 삼여(三餘)라는 제목 아래 다음과 같은 내용이 적혀 있어 가슴에 와닿는다.

'하루 중에는 저녁이 여유로워야 하고
일 년 중에는 겨울이 여유로워야 하고
평생에는 노년이 여유로워야 한다.'

하루 종일 힘들게 일하고 귀가하는 아버지, 온종일 가사에 시달린 어머니, 공부하느라 지치고 피로한 자녀들, 바쁜 사회활동을 하는 오빠, 언니 모두가 함께 모여 먹는 한 끼의 식사가 맛있고, 즐겁고, 여유로워야 오늘 하루를 위로받고 내일의 희망을 이어가는 원동력이 될 텐데…

많은 사람이 격무에 시달리고, 시간에 쫓겨 가족과 함께 저녁 식사나 여유로운 시간을 보내지 못하는 안타까운 현실이 가슴 아팠는지 '맛있는 저녁이 있는 삶'의 터전을 만들어 보겠다는 한 정치인의 말이 생각난다.

모두 살아가는 목표가 다르고, 살아가는 방식이 다르고, 자신의 삶이 너무 바쁘다보니, 식구가 모여서 저녁 식사를 한다는 게 그리 쉽지는 않다.

그래서 '하루 중에는 저녁이 여유로워야 한다.'는 말에 더욱 공감이 간다.

'일 년 중에는 겨울이 여유로워야 한다'는 말도 봄에 씨를 뿌리고 여름 뙤약볕에 땀 흘려 일하며 가꾸고 키워서 가을에 수확해 놓아야 추운 겨울에 여유롭고 풍족한 삶을 보낼 수 있다는 말일 것이다.

'평생에는 노년이 여유로워야 한다'는 말이 더더욱 실감 나고 현실감 있게 느껴지며 내가 노년에 접어든 이 시점에서 다시 한번 생각에 잠기게 하는 계기가 되었다.

사실 65세의 나이는 예전 같으면 인생을 살 만큼 살았다고 말할 텐데, 요즘은 80~90세까지 사는 분들도 많다. 게다가 100세 시대를 달려가는 현 시스템과 사회구조 속에서 노후 준비 없이 노년을 보내는 사람들은 하루하루가 고달프고 힘겨운 나날이겠지.

그나마 국가가 노인복지에 최소한의 지원을 다방면으로 실시하는 것이 참 다행이라 보고, 더 많은 배려와 관심을 가져야 한다고 본다.

그런 측면에서 연금을 받고 생활하는 우리 일행은 참으로 다행이며 노년에 그래도 여유 있게 즐길 수 있다. 덕분에 오늘도 산에 오른다.

바쁘다는 것과 여유 있다는 것의 차이는 주어진 시간을 어떻게 디자인하고 활용하느냐에 달려 있다고 본다.

나를 위해, 가족을 위해, 나아가 남을 위해 아름다운 저녁이 있는 삶을 만들어보고 싶은 생각은 없는지?

늙어간다는 것은 더 지혜로워지고 더 여유로워지고 더 베푸는 것이라고 한다.

우리는 다 늙어간다. 좋은 사람은 늙어가는 모습이 아름다운 사람이다.

모든 잎은 볼품없이 변해 이리저리 뒹굴지만, 단풍나무 잎만큼은 보기 좋고 아름답게, 예쁘고 곱게 물들어 가듯이… 우리도 그렇게 늙어갔으면 좋겠다.

빌헬름 슈미트의 『나이 든다는 것과 늙어간다는 것』을 보면 '늙는 것'은 각종 능력이 쇠하고 외형이 볼품없어지는 것을 의미하지만, '나이 들어간다는 것'은 다른 생명의 성장을 돕고 경험을 이어 전달하며 인생의 또 다른 가능성을 만들어가는 것을 의미한다고 한다.

어린 시절의 기억

　세월이 흘러 어느덧 천지만물(天地萬物)의 이치에 통달하고, 듣는 대로 모두 이해할 수 있다는 이순(耳順)을 지나 환갑, 진갑을 넘기고 칠순으로 달려가는 길목에서 문득 초등학교 시절이 생각난다.

　내가 살던 곳은 뚝방길 따라 시냇물이 감싸 안고 도는 하천이 지나는 작은 농촌 마을이었다.

　학교에 갔다 오면 책 보따리를 내려놓고 점심을 먹은 후 그날의 숙제를 하느라 방바닥에 엎드려 책과 공책을 펴고 몽당연필에 침을 묻혀가며 숙제를 하던 시절. 지금 와서 생각해보니 참 재미있었고 아름다운 추억이라는 생각이 든다.

　침 발라 내려쓴 한글의 글씨체는 비뚤고 크고 작고 받침이 서툴렀지만, 그렇기 때문에 한 자 한 자 알아가는 과정이 더욱 신나고, 빛나고, 향기롭고 즐거웠는지도 모른다.

　2000년을 넘어 10년하고 8년이 흐른 지금. 몽당연필을 아는 학

　　　　길에서 만나는 얼굴 없는 스승들

생들이 얼마나 될까?

몽당연필로 부모님도 공부하고 그 아들딸이 공부하여 여기까지 왔는데….

기다란 연필에 힘주어 쓰다 보면 부러지고 깎이고 또 부러져 작아지지만, 그 희생이 나를 키우고 지혜로운 사람으로 만들어주었다. 연필, 너의 위력을 이제야 알 것 같다.

경제가 발전하고 생활 수준이 향상된 지금은 연필조차 사용하지 않고 고급 샤프를 비롯해 각종 필기구가 개발되어 공부하기에 더없이 좋은 환경이 조성되고 음식문화도 많은 변화가 있었다.

그땐 먹을 것이 없어 산과 들에 널려있는 열매나 뿌리채소를 날 것으로 먹기 일쑤였다.

한여름 이글거리던 태양이 서산에 걸릴 때쯤이면 소를 끌고 나가 하천가 둑방에 풀어 놓아 배부르게 먹게 하고 석양이 붉게 물들면 소꼴을 한 짐 베어 지게에 담고 소와 함께 논둑 길, 굽은 길을 지나 집으로 향하던 과거 속 현실이 생각난다.

가을이면 논바닥에 세워진 마음씨 좋은 허수아비는 고추잠자리의 놀이터가 되어주고, 황금 들판 벼 이삭 사이를 뛰어다니는 메뚜기는 우리와 술래잡기라도 하듯 멀리멀리 튀어갔다. 잡은 메뚜기는 강아지풀 줄기에 꿰어 집으로 가져와 기름에 볶으면 훌륭한 간식거리가 되었다.

지금은 비싼 안주가 되어 고급 맥주 집에서나 만날 수 있는 새로운 풍경으로, 고향의 향수를 느끼게 하는 메뚜기 튀김의 변신이 세월의 흐름을 새삼 실감나게 한다.

꽹과리, 냄비 바닥 두들기며 '훠이 훠이' 고함치며 참새 떼 쫓던 어린 시절.

계절 따라 구워 먹던 밀청대, 콩청대가 너무 맛있어 입 주변이 까맣도록 주워 먹던 언덕 아래 내가 살던 동네는 가난했지만 웃음이 있고 행복이 있었다.

언제나 마음속에 간직해 놓고 그리울 때마다 꺼내 향수를 느껴보곤 한다.

5학년이 된 그해 초봄으로 생각된다. 아버지와 나는 밭에 거름을 뿌리기 위해 리어카에 퇴비를 싣고 앞에서 끌고 뒤에서 밀며 힘든 비포장도로를 지나갔다. 시간은 10시가 조금 지났을 무렵이라, 일을 하다 보면 배가 빨리 고파지는 것 같다.

힘이 빠진 아버지는 끌던 리어카를 세우고 가게 안으로 들어가 막걸리 한 잔을 드시고 나왔다.

나는 리어카 옆에 서서 아버지가 나오실 때까지 기다리며 서 있었다.

가게는 평소 학교 다닐 때 지나가는 길목에 있어 자주 군것질을 하던 곳이다. 가게 안 진열대에는 먹고 싶은 과자와 빵, 음료수, 오징어 등등 많이 널려 있었다. 나오실 때 무언가 하나는 사오실 줄 알았는데 손에는 아무것도 들지 않는 빈손이었다.

기대가 한순간 무너지며 야속하기도 했다.

"세상에. 아버지가 좋아하는 막걸리는 마시면서 아들이 먹고 싶은 빵 하나 안 들고 왔어요?" 하고 말하고 싶었는데 말이 나오지 않았다.

아버지는 묵묵히 리어카를 끌고 나는 뒤에서 밀며 한참을 지나 목적지인 밭에 거름을 내려놓았다.

가는 도중에 별생각을 다해보지만 답은 없었다.

서운한 마음은 어린 아들의 가슴에 '한'을 남겨 놓았고, 그렇게 세월이 흘러갔다. 그땐 알지 못했던 아버지의 의중을 이제 알게 되다니.

아들에게 사주지 못했던 아버지 마음속의 '멍'은 얼마나 시커멓게 썩어들어 갔겠는가?

사실은 그때 아버지의 호주머니에는 막걸리 한 잔 값만 들어있었다. 아들에게 사주고 싶은 마음이야 어찌 없었겠는가? '막걸리를 먹을 것인가? 빵을 사줄 것인가?'라는 고뇌의 생각을 몇 번이고 반복하면서 머릿속을 아프게 했을지도 모른다.

막걸리 한 잔으로 힘을 보태서 리어카를 끌고 갈 수밖에 없었던 절박한 아버지의 선택이 먼 미래 아들에게 더 풍요로운 삶을 살게 하고 어린 마음에 맺힌 '한'을 풀어주는 것이라고 해서 그랬을 것이라는 사실을 이제는 깨달을 수 있었다.

그때는 몰랐는데 어려서는 깊이 생각도 못했지만 어른이 되고 자식을 낳아 키워가면서 '나라면 어떻게 했을까?'라는 의문을 던지게 된다.

나보다 앞선 시대를 살았던 아버지를, 시대환경이나 사회문화가 다른 아들이 이해하기란 참으로 어려운 것이다.

세상 모든 남자는 아이였다가 아버지가 된다.

그러나 아버지가 되기는 쉬워도 아버지답기는 어렵다고 한다.

내가 아버지가 되었을 때, 나의 아버지는 늙고 병들어 아들의 보살핌을 받아야 할 때쯤이 된다. 그런 상황에서 아버지가 나에게 쏟은 사랑과 관심을 아버지께 똑같이 돌려드릴 수 있겠는가?

세월은 세상을 많이 바꾸어 놓았고, 그렇게 당연한 것처럼 흘러가고 있다.

아버지가 아들에게 보여준 사랑과 관심의 절반도 못 갚고 그다음 아들은 그 아버지에게 또 절반도 못 갚는다. 대를 이어갈수록 세월은 빠르게 변하고, 아버지로부터 받은 은혜와 되돌려드리는 보은의 간격이 절반의 제곱수만큼의 속도로 벌어지고 멀어지는 것은 무엇 때문일까?

아버지의 가슴에 새겨진 "멍"을 지울 수는 있지만 흔적이 남고, 아들의 가슴에 맺힌 "한"도 풀 수는 있으나 상처가 남는다.

시간은 오는 게 아니라 만드는 것이지만 먹고살기 바쁘다는 핑계로 관계는 점점 더 멀어져 소원해져만 간다.

수많은 세월만큼이나 깊게 패인 주름과 흰머리에 내려앉은 삶의 무게를 어떻게 덜어드릴까?

자식에게 베푼 것만큼 받지 못하고 간다 한들 그 누가 후회하고 한탄하겠는가?

이것이 인생이요 갈 길이거늘, 자식을 향한 부모의 역할은 역사가 살아 있는 한 변할 수 없는 사랑이요 진실이다.

두 개의 귀

대부분의 사람과 동물은 2개의 귀가 달려 있다.

왜 귀는 반대편에 달려 있는 걸까?

코를 중심으로 눈과 귀가 대칭으로 자리한 것은 어느 한쪽으로 치우치지 말라는 뜻이며, 두 개인 것은 잘 들으라는 뜻도 있지만 균형감각을 가지라는 의미도 포함된 것 같다.

사람의 귀가 하는 역할은 두 가지로 볼 수 있는데, 첫째가 듣는 역할이요, 두 번째가 평형을 잡아주는 역할이라고 한다.

사람은 살아가면서 남을 칭찬하기도 하고 불평과 불만을 말하기도 하며, 남을 비방하거나 음해하는 말도 주저 없이 하는 경우가 있다.

내가 누군가에게 칭찬을 들으면 기분이 좋아지고 마음도 넉넉해진다. 그래서일까? 칭찬에는 언제나 능력을 키우는 힘이 있다고 하신 성인의 말씀이 생각난다.

누구나 칭찬을 마다할 사람은 없다고 본다.

좋은 글 중에 '운동선수는 응원 소리에서 힘을 되찾고, 사람은 칭찬을 들으면서 자신감을 되찾는다.'는 글을 본 적이 있다.

칭찬의 소리는 두 귀를 통해 들어와도 문제가 발생하지 않기 때문에 활짝 열고 들어도 괜찮다.

그러나 남에 대한 불평 또는 불만을 말할 때, 남을 비방하거나 음해하는 말을 할 때는 한쪽 귀로 듣고 평가하거나 판단하지 말고 반드시 상대방이나 당사자의 말도 다른 쪽 귀로 듣고 나서 옳고 그름을 판단하거나 평가해야 할 것이다.

양쪽의 말을 전부 듣는다는 것은 누구에게도 유리하거나 불리하게 작용하지 않는다. 평형을 유지하여 인간관계의 질서와 균형을 잘 잡으라는 귀의 역할과도 같은 이치라고 생각된다.

우리가 살면서 종종 타인과 부딪치는 원인 중 하나가 바로 한쪽으로 치우친 이야기만 듣고 즉석에서 판단하는 오류를 범하기 때문이다. 이것은 성급한 한국인의 그릇된 버릇과도 관계가 있는 것 같다.

생각은 자유지만, 자유에는 늘 책임과 의무가 동반된다는 사실도 함께 깨닫고, 두 귀의 역할이 사람 사이의 관계에 대단히 중요하다는 것을 잊지 말아야 할 것이다.

진실을 보는 눈도 중요하지만 바르게 듣는 태도도 역시 중요하기 때문에 우리는 귀를 두 개나 가지고 있는 것인지도 모른다.

사람이 세상을 살면서 평생 동안 어떤 소리를 듣느냐에 따라 운명이 좌우된다고 한다.

세상을 밝게 보면 아름다운 내일이 보이고 남의 말을 잘 경청하고 바르게 분별하면 즐거운 미래가 열린다고 본다.

이청득심(以聽得心)이란 사자성어에서 알 수 있듯, '귀 기울여 경청하는 일은 사람의 마음을 얻는 최고의 지혜'이다.

귀가 두 개인 의미를 되새기고, 오늘을 사는 우리에게 어떤 의미를 던져 주는가를 조용히 생각해 보자.

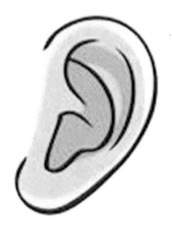

귀(耳)········청(聽)

『경청』에 나온 아래의 문구야 말로 귀의 역할을 잘 표현해준 것이 아닌가 한다.

임금님의 귀는 당나귀 귀로, 귀(耳)를 왕으로(王) 대하듯 조심하며 열(十) 개의 눈(目)으로 진지하게 관찰하고 하나같이(一) 진실한 마음(心)으로 들으라는 의미가 있는 글자라고 하네.

인정할 줄 아는 패배

나는 야구를 무척 좋아해서 야구경기 중계를 즐겨본다.

왜냐하면 야구 경기는 사람들이 살아가는 인생사와 흘러가는 것이 흡사하기 때문이다.

모든 선수가 손발이 맞아 잘 던지고, 잘 받으며, 잘 치고, 잘 달리면 이기는 확률은 말할 것도 없다.

야구에서 가장 중요하게 여기는 것은 바로 수치로 따지는 확률 게임이라고 본다.

잘 던지는 투수는 방어율로, 잘 치는 타자는 타율로, 잘 받으면 포수의 도루 저지율, 잘 달리면 도루의 성공 확률로, 팀이 이기는 확률은 승률로 평가된다. 누가 타율이 높은가, 누가 방어율이 높은가, 어느 팀이 승률이 높은가를 수치로 표현하고 확률로 대입하는 경기가 야구다.

그러나 확률 게임이라고 해서 모든 것이 운이라는 건 아니다.

선수들의 집중력으로, 감독의 작전 수립 능력으로, 상대 팀의 실수로 확률은 변할 수 있다. 그럼에도 확률이 중요하게 여겨지는 건, 투수가 잘 던져 상대 팀에게 점수를 내주지 않으면 팀이 승리할 수 있는 확률이 높아지기 때문이다.

야구는 9명이 하는 경기지만 그 중심에는 투수가 있다.

야구는 투수놀음이라고 감독들은 말한다.

2015년 11월 16일. 프리미어리그 12(세계 야구 랭킹 상위 12개국) 세계야구선수권대회에서 대한민국 대표팀과 쿠바 대표팀의 8강전이 열리는 날이었다. 우리 팀은 이미 한국에서 쿠바와 두 번의 연습경기를 했고 1승 1패의 전적을 남겼다.

그런데 아마추어 야구 최강을 자랑하는 쿠바와 중년 프로야구의 한국이 공교롭게도 8강전에서 맞붙었다.

2회부터 한국 대표팀이 박병호의 3루타를 시작으로 연속 5안타를 날리며 4:0으로 앞서 갔고, 경기는 7:2로 한국 팀의 완승으로 끝났다.

경기가 종료되고 선수들이 필드에 나와 기쁨을 나누며 보내고 있을 때 쿠바 팀 감독은 한국 팀 벤치로 성큼 뛰어와 한국 감독과 코치에게 승리를 축하하는 악수를 건네며 어깨를 감싸고 격려하는 모습을 보였다. 쿠바 팀 감독은 인정할 줄 아는 패자의 미덕과 용기를 보여주었다. 그래서 더욱 빛나는 한 장면이 아니었나 생각된다.

그것은 쿠바 팀도 최선을 다해 좋은 경기를 했지만 한국 팀의 실력이 더 돋보이고 훌륭했다는 것을 인정해 주는 아름다운 풍경이었다. 그것이 또 하나의 감동으로 가슴에 와 닿는다.

승리 팀에게 먼저 다가와 축하와 격려를 아끼지 않았던 쿠바 감독의 아름다운 행동은 우리 팀의 승리를 더욱 값지고 빛나게 해주었고, 4강을 겨루는 일본과의 경기에서 이길 수 있다는 신념과 용기를 가지게 해준 원동력이 되었던 것 같다.

이틀 후 벌어진 4강전. 숙적 일본과 한국의 자존심 대결이요 프로의 세기를 겨루는 경기였지만, 일본 투수 오타니의 신들린 듯한 160㎞/h의 강속구에 7회까지 고전을 했다. 그러나 끝까지 포기하지 않고 끈기와 오기로 이기겠다는 신념을 쏟아 경기에 몰두한 우리 대표 팀 선수들이 9회 초 공격에서 4점을 얻어내며 전광판의 숫자가 0:3에서 4:3으로 변하는 순간, 야구 팬과 한국 국민들의 열광하는 함성이 일본 열도를 뒤흔들고 말았다.

역전 드라마를 만든 기적의 9회는 도쿄돔에 운집한 8만 명의 일본인의 입을 한순간 얼음장같이 차게 만들었고, 숨소리조차 사라져 그야말로 신(神)조차 표현할 말이 없는 정적의 순간이 되었다.

그 누가 역전의 순간이 오리라고 믿었겠는가?

그 누가 기적이 일어나리라고 생각했겠는가?

세계 야구사에 몇 번이나 이런 경우가 일어났을까?

그러나! 그 순간은 왔고, 그 기적은 일어났다.

도쿄돔을 찾은 8만 명의 관중은 아무도 상상하지 못했고, 누구도 믿으려 하지 않던 기적은 그렇게 우리에게 찾아왔다.

그 기적은 일본 선수들의 실수도 아니고, 심판의 오심도 아니고, 운도 아니고, 다만 한국 선수들의 끈기와 저력이 뭉쳐 이루어낸 쾌거요 통쾌한 승리였다.

감독과 코치, 선수 모두가 혼연일체가 되어 이겨야 한다며 똘똘 뭉친 정신이 세계를 제패한 원인이 아닐까?

'믿음의 야구', '뚝심의 야구'가 '지키는 야구'를 한 판으로 메다 꽂은 셈이다.

온갖 꼼수를 부리면서 우승에 올인한 일본의 편파적 운영에도 불구하고 우리 야구의 수준을 세계 정상에 올려놓기 위해 그동안 열심히 땀 흘려가며 훈련하고 노력한 대표 팀에게 뜨거운 박수와 응원을 보낸다.

우리 국민의 얼굴에 밝은 웃음과 함께 용기를 보여준 당신들의 노고는 저무는 2015년을 빛나게 한 사건이었다고. 우리 국민에게 희망이었다고.

야구 관련 내용을 다루는 블로그에서 이런 글을 보았다.

L.A 다저스 전 감독 토미라소다는 이렇게 말했다고 한다.

'좋은 선수는 등 뒤에 있는 이름을 위해 뛰고, 가장 좋은 선수는 유니폼 앞에 있는 이름을 위해 뛴다.'

이 말의 뜻은 무엇일까?

등 뒤에는 개인의 이름이 앞가슴에는 조국의 이름이 있다는 것이다.

작은 배려가 기쁨을 만든다

오늘도 어김없이 남산에 올랐다가 내려오던 중 입구에 자리 잡은 주막 같은 조용하고 소박한 음식점에 들러 시원한 콩국수나 먹고 가려고 일행과 함께 들렀다.

메뉴는 몇 가지 안 되지만 날씨가 워낙 더웠고, 시원한 음식이 생각나 콩국수로 주문하고 음식이 나올 때까지 더위도 시킬 겸 찬 막걸리 한 잔으로 휴식을 보내는 동안 주문한 콩국수가 나왔다.

얼음이 들어간 콩물에 손수 만든 칼국수가 자리를 잡으니 더욱 맛이 우러나 먹음직하였다.

한 젓가락 떠서 입에 넣으려고 고개를 숙이자 반찬과 함께 놓인 아주 작고 예쁜 화병 하나가 눈에 들어왔다.

요즘 같이 메마르고 이기적으로 변해버린 사회에서 식탁 위에 화병이 놓인 곳은 별로 없다. 고급 레스토랑이나 호텔급 식탁에서나 볼 수 있는 화려하고 향기가 그윽한 고가의 꽃과는 대조적으로 아주 소박하고 아담했다.

꽃은 사람의 정서를 풍요롭게 하고 심신의 안정과 스트레스를 완화해주는 역할을 하므로 우리 생활에서 매우 중요하다고 볼 수 있다.

화병을 설치한 주인은 음식을 드시는 손님들에게 입맛도 돋우고 시각적 감각도 더해 즐거운 식사 시간을 보내라는 아주 작은 배려를 해준 것 같다.

보통 화병에는 화려하고 향기가 물씬 풍기는 예쁘고 아름다운 꽃을 꽂아두는 것이 상식인데, 우리가 앉아있는 식탁 위에 놓인 꽃은 누구도 관심을 갖지 않고 쳐다보지도 않는, 자연 속에 핀 작은 꽃 세 송이었다.

자연에 핀 들꽃이라고 향기가 없겠는가?

저절로 핀 들꽃이라고 예쁘지가 않더냐?

질서없이 핀 들꽃이라고 씨(열매)를 맺지 않더냐?

이름 없는 들꽃도 자리나 위치에 따라 놓아두면 그 용도에 맞게, 분위기에 맞게 그대로의 멋과 운치가 살아난다는 걸 예전엔 미처 몰랐더냐?

예쁘고 화려하고 향기 있는 꽃에만 관심을 갖지 말고 화려하지는 않지만 순수함이, 진한 향기는 아니지만 은은한 향이, 눈부시진 않지만 소박함이 묻어나는 들꽃에도 마음을 돌려보는 여유를 가져보자.

작은 배려 하나가 상대방에게 기쁨을 주고, 즐거움을 주고, 편안함을 주고, 희망을 준다.

배려는 내 입장이 아니라 남의 입장에서 생각하고 행동해야 더 빛나는 것인지도 모른다.

배려는 돈이 들지도 않고 힘이 필요하지도 않으며 노력도 요구하지 않는다.

따라서 배려는 내가 하는 것이 아니라 상대방이 느끼는 것이다.

작은 배려를 실천에 옮긴 음식점 아주머니의 센스 있는 행동 하나가 그곳을 찾는 사람들에게 미소와 희망을 선사하는 선물이 아닐까?

꽃 두세 송이라도 꺾어 식탁 위에 놓아두면 단 며칠간이라도 잔잔한 행복을 누릴 수 있지 않을까?

'우리 집 식탁 위에도 찾아주지 않고 쳐다봐주지 않는 들꽃 두세 송이라도 꽂아두는 여유를 갖는다면 가족 모두가 행복해하고 즐거워하지 않을까?' 하는 생각을 해본다.

인생의 행복과 즐거움은 평범한 일상의 구석구석에 숨어 당신이 바라봐주기를 기다리고 있는지도 모른다.

오늘 하루도 누군가를 배려하는 마음으로, 상대방의 입장에 서서 진심을 나누는 하루가 되었으면 좋겠다.

배려는 사랑이고 질서다.

'작은 배려가 세상을 아름답게 가꾸어 준다고 하네요.'

충주 공용버스 화장실에 걸린 이 게시물을 보고 무엇을 느끼는가!

<어느 공중화장실 벽에 걸린 글>

판단의 오류

우리는 살아가는 동안 수없이 많은 실수와 실패를 하면서 살아간다.

국어사전에는 실수에 대해 이렇게 적고 있다.

'조심하지 아니하여 잘못함. 또는 그런 행위. 더 나아가 실책, 실언, 오해, 결함, 과실…' 등 참으로 많다.

실수를 저질렀을 때는 그 실수를 인정한다든지, 실수를 중단하고 시정하여 다시는 일어나지 않도록 조심하는 것이 보통이다. 그래서 우리 속담에도 실수를 되풀이하지 않게 하기 위한 속담이나 명언이 적지 않게 있다.

① 한 번 실수는 병가지상사다.

② 열 번 잘하고 한 번 실수를 하지 말아야 한다.

인정할 수도 있고, 가볍게 지나칠 수도 있고, 돌이킬 수 없는 경우도 있다. 때문에 반복적으로 일어나서는 안 되는 일이지만, 그 실수가 때로는 웃음도 주고, 슬픔도 주고, 즐거움도 주며, 후회도 안겨주고, 좌절을 겪게 하기도 하고, 죽음으로 이어지는 경우도 종종 있다.

따라서 실수는 잘못을 받아들이고 고쳐나갈 수 있는 여지를 준다.

실수를 '삶을 살아가는 과정 속에서 일어나는 하나의 시행착오'라고 말한다면 실패는 어떤 행위에 대한 결과를 의미한다고 본다.

사전을 보면 실패는 뜻한 바를 그르치고 이루지 못함이라고 되어 있다.

실패에 대한 속담이나 명언도 한번은 읽을 가치가 있다고 본다.

① 실패는 성공의 어머니다.

② 소 잃고 외양간 고친다.

③ 개똥도 약에 쓸려면 없다.

④ 실패는 낙담의 원인이 아니라 신선한 자극이다(사우전).

⑤ 사람은 실패한 일을 통해서 교훈을 배운다(보비 존스).

⑥ 틀리는 것과 실패하는 것은 우리가 전진하기 위한 훈련이다(차닝).

⑦ 감히 도전해보지 못한 사람들은 아무것도 하지 못한다.(지그 지글라).

⑧ 시도하지 않는 곳에 성공이 있었던 예는 결코 없다(H. 넬슨).

실패는 쓴맛을 안겨주고 고통과 번뇌 절망과 좌절을 가져다주지만 때로는 성공의 단맛도 가져다준다.

현명한 자는 실패에서 교훈을 찾고, 어리석은 자는 실패에서 포기의 이유를 찾는다고 한다.

인생의 실패는 생각과 판단의 오류로부터 시작된다고 볼 때, 실수나 실패를 최소화하기 위한 판단의 근거가 무엇보다도 중요할 것 같다.

보통 사람은 판단을 할 때 감각, 경험, 이성, 지식이나 지혜, 정보 또는 자기 주관 등에 의존하는 경우가 대부분이다. 그러므로 우리는 일상생활 중 편견, 착각, 지식의 결핍, 판단을 내릴 당시의 기분, 판단력 부족 등으로 인해 잘못된 생각을 하거나 그릇된 판단을 내리는 경우가 종종 있으며, 이것으로 인해 본인은 물론 남에게까지 폐를 끼치거나 누를 범하는 오류를 저지른다.

어떤 문제가 발생했을 때 그것을 생각하고 고민하고 판단하여 결정을 내리는 것은 자기의 몫이지만, 그래도 누구나 그 방법이 제일 괜찮구나 하는 합리적 판단을 하도록 노력하는 사람이 실수나 실패를 적게 경험할 것이다.

내가 말하고 싶은 것은, 여러 가지 판단 근거도 중요하지만 일상생활 중에서 빈번히 일어나는 것 중 하나가 나를 기준으로 상위의 의견을 택하고 하위의 의견을 버리는 오류이다. 나는 이게 가장 무서운 판단이 아닌가 싶다.

어떤 주제에 대해 이야기를 할 때 보통 정보나 지혜, 지식이 많지 않은 사람은 학벌이 높거나 지위가 높은 쪽을 택하는 경우가 많다. 학사보다는 박사를, 교사보다는 교수를, 상업에 종사하는 사람보다는 공무원, 적게 배운 사람보다는 많이 배운 사람을, 돈이 적은 사람보다는 많은 사람을, 일반적인 사람보다는 학자를 더 선호하여 판단의 근거로 삼는 것을 종종 본다.

이런 선택은 자기 인생에 커다란 장애가 되어 막대한 손해나 불이익이 될 수도 있다.

적게 배운 사람이 많이 배운 사람보다 지식은 부족하지만 지혜는 뛰어나서 더 현명하고 합리적일 때도 있다.

농사에 대한 문제가 대두되었을 때, 농업학자보다 농사에 경험이 많은 자가 합리적인 이론을 말함에도 불구하고 사람들은 농업학자의 의견을 더 신뢰하고 동조하게 된다.

학생 문제의 경우에도 교사보다 교사가 아닌 사람이 더 바람직한 의견과 해법을 알고 있을 때가 종종 있지만, 교사 쪽 의견에 힘을 실어주는 경우를 종종 볼 수 있었으며, 대화를 하던 중 일반상식에 대한 의견에 대립이 있을 때도 많이 배운 자 쪽으로 무게가 실리는 경우도 종종 있다.

왜 그럴까?

가치판단의 근거가 불확실할 경우, 과거부터 이어져 온 확률적 통계라든지, 많은 경험을 가지고 있음에도 나의 판단 능력을 기준으로 상위에 속하는 집단이나 개인에게 더 믿음을 주고 신뢰한다. 이는 불확실성 가운데 상의 법칙을 선택하는 것이 나은 경우가 많았다는 것을 보여주고, 또 그렇다고 믿어왔다는 사실을 시사하는 것이다.

그 예로 우리는 눈을 통해 본 것만 믿고 옳다고 판단을 하지만, 눈은 정상이라고 하더라도 착시가 일어날 수 있고, 나이가 들면서 노안이나 근시, 또는 원시 등으로 인해 정확하게 확인하지 못한 채 판단을 할 수도 있다는 것을 알 수 있다.

하나 더 보자.

우리는 식물을 재배할 때 잎이나 줄기가 싱싱하고 튼실하면 땅 아래에 맺히는 열매도 크고 좋을 것이라는 일반적 상식에 젖어 무심코 믿어버리는 실수를 저지르고는 한다.

줄기가 약하고 잎이 무성하지 않아도 열매는 더 크고 좋을 수 있는 경우도 존재하므로, 땅속에 있는 열매가 우리의 예상을 뛰어넘는 예외일 가능성도 있다는 사실을 인지해야 한다.

이것이 뜻하는 건, 보는 것과 아는 것은 일치하지 않는다는 것이다.

이성적으로, 현명하게 잘 판단해서 사고하고 행동하는지 아니면 본능에 의해 행동하고 감정에 이끌려 판단하는지 자신에게 반문해보자.

나는 삼십여 명 정도 되는 집단에서 어떤 사안에 대한 토론을 한 적이 있었다. 그것을 기초로 사업을 결정하는 중요한 자리였다.

각자 자기가 생각한 바를 조목조목 열거하며 열변을 토한다.

대학 교수, 변호사, 의사, 사업가, 교장, 상업, 기술자, 농업인, 중개사, 화원, 공무원, 백수까지 다양한 직업군으로 구성된 모임이었고, 그들이 한 사안에 대해 낸 의견은 모두 달랐다.

의견을 내지 않고 듣고만 있던 사람들이 의견을 제시한 이들 중 누구의 의견에 찬동할까?

내가 듣고 판단하기엔 많은 사람을 대하고 접한 중개사의 의견이 그래도 합리적이고 더 믿음이 갔는데, 결과는 다른 의견을 제시한 사람의 의견을 따르자는 것으로 나왔다.

어느 의견이 가장 목적한 바에 근접하고 신뢰성이 있으며 합리적이었느냐가 아니라, 학식이 더 많고 사회적 신망을 얻는 사람의 의견에 좀 더 매력을 느끼는 것 같은 인상을 주었다.

세상을 살면서 더 많이 배운 자가, 더 많이 가진 자가, 더 힘이 강한 자가, 더 높은 지위에 있는 자가 판단을 내리는데 영향을 주는 것 같았다.

물질적으로 풍부한 현대를 살아가면서, 나는 어떤 기준으로 어떻게 판단하고, 어떤 오류를 범하고 있는가 한 번쯤 생각해보아야 할 때가 아닌가 생각해 본다.

다른 사람에 대한 조급한 판단으로 소중한 인연이 될 사람을 잃게 되는 안타까운 일은 결코 일어나지 말아야 할 것이다.

인터넷에서 이런 글을 보았다.

사람의 기억은 시간이 지나면 지날수록 자기가 믿고 싶은 바대
로 변형되고 조작되어 거짓말로 시작한 이야기도 자기 체면에
의해 진실이 되어 나중에는 무엇이 거짓이고 진실인지 스스로
구분하지 못하는 모순에 빠지게 된다. 그것이 바로 인간이란다.

남에게 말을 할 때 나와 의견이 다르다 하여 틀렸다고 판단하
지 마라.

다만 나와 의견이 다를 뿐이며, 내 생각과 다른 것도 있음을 알
고 언젠가 내 의견도 남에게 그렇게 판단될 수 있다는 것을 잊지
말자.

보이지 않는 진실

맥주 캔을 물속에 넣으면 뜰까? 가라앉을까?

물속에 넣어 보면 뜨는 것도 있고 대각선으로 뜨는 것도 있다. 그렇다면 빈 맥주 캔은 어떨까? 맥주가 담긴 캔도 뜨는데 당연히 빈 캔도 말할 필요 없이 뜬다.

맥주가 담긴 캔이 액체가 담겨 있는데도 뜨는 것은 담긴 액체의 밀도가 물보다 작기 때문이다.

물의 밀도는 4℃에서 가장 크며 1g/㎤로 표시하는데, 온도가 높아질수록 부피가 커져 밀도는 작아지게 되므로 액체인 캔 맥주는 물 위에 뜰 수 있다. 반대로 온도가 낮아져 부피가 작아지면 가라앉을 수도 있다.

그렇다면 빈 캔 맥주는 왜 뜰까?

속이 비어 있어 가벼우니까? 내용물이 없어 질량이 없으니까?

상식적인 해답이 될 수도 있다.

밀도는 질량을 부피로 나눈 값이다. 물의 밀도가 1g/㎤이니까 이보다 크면 가라앉고 작으면 뜨게 되는 이치다.

우리는 눈에 보이는 것만 믿고 보이지 않는 것은 믿지 않는 경향이 있다. 이것이야말로 눈의 착시 현상이 아닐까?

사실 빈 캔 맥주 통에도 무엇인가 들어 있는데 보이지 않을 뿐이다. 보이지는 않지만 아주 작은 질량을 가진 기체가 들어있는 것이다.

이처럼 없는데 있는 것처럼, 있는데 없는 것처럼, 같은데 다른 것처럼 느껴지는 것이 우리 주변에 허다하게 많다.

가끔씩, 아니 어쩌면 아주 흔하게 우리는 이렇게 얘기할 때가 있다.

"내가 직접 봤는데.", "직접 들었는데.", "분명히 느꼈는데." 하면서 가슴을 치고 머리를 휘젓는 모습. 사람들이 나를 믿어주지 않는 그런 상황.

그럴 땐 진짜 답답하고 억울하고 화가 난다.

그 순간 혹시 자신이 틀렸을 수도 있다는 생각을 한 번쯤은 해봐야 되지 않을까?

그러면 오해와 편견을 조금씩 좁혀갈 수 있을 것 같다.

진실은 사심 없이, 거짓 없이 본 대로 느낀 대로 표현해야 하는 것이라면, 그 진실도 거짓일 수도 있을 것이다. 왜냐하면 빈 캔처럼 속에 아무것도 보이지 않는데 실은 기체가 들어있다는 사실을 인지하지 못하는 경우도 발생하기 때문이다.

진실은 존재하지만, 만약 진실이 본 대로 느낀 대로만 표현되는 것이라면 진실이 아닌 거짓이 진실로 포장되어 표현될 수도 있다.

그것이 어떤 사람에게는 지울 수 없는 상처가 되고 돌이킬 수 없는 굴레가 되어 한 인간의 삶을 망가뜨리는 일도 생길 수 있다고 본다.

이는 우리가 세상을 인지하는 것이 그만큼 본질에서 벗어나 왜곡된 것일 수도 있다는 것을 의미한다.

물론 다 그런 것은 아니고 일부에서 있을 수 있는 일이라고 생각된다. 그러니 우리는 보다 과학적인 근거에 바탕을 두고 객관적이고 타당하며 보편적이고 합리적인 사고로 바라보고 생각해야 할 것 같다.

사실과 진실은 항상 같은 것은 아니기 때문에 당신의 눈과 귀, 그리고 생각에 속지 말고 현명하게 행동하는 것이 필요할 것 같다.

우리 속담에 '빈 수레가 요란하다'라는 말이 있다.

아는 것이 적고 천박한 사람일수록 시끄럽고 말이 많다는 뜻의 속담이다. 하지만 우리 주변에는 빈 공간에 들어 있는 공기를 진동시켜 더 아름다운 소리를 만드는 현악기, 타악기, 관악기가 있으며, 이 악기들은 모두 저마다의 음색과 진폭을 가지고 아름답고 즐거운 소리를 창조하고 있다는 사실을 기억해야 할 것이다.

길에서 만나는 얼굴 없는 스승들

쩐의 전쟁

시간은 금이다.

금은 돈이다.

황금 보기를 돌같이 하라.

고로 돈과 시간은 돌이다.

의미 있게 사용하면 가치가 있고 의미 없이 낭비하면 돌과
같다.

돈으로 무엇이든 할 수 있다고 생각하는 순간, 당신의 정신은
혼돈 속을 헤메게 된다.

돈이란 무엇일까?

사전에는 이렇게 적혀 있다.

1) 상품 교환의 매개물 2) 가치의 척도 3) 지불의 방편 4) 축적
의 목적물로 삼기 위하여 금속이나 종이로 만들어 사회에 유통
시키는 물건

돈이란 의미나 개념은 시대의 변천에 따라 변화하고 돈이 가지는 구체적인 통념이나 가치도 달라졌지만, 돈이란 이름의 개체는 없어서는 안 될 생명의 근원이라는 건 변하지 않았다. 따라서 돈은 절대적·상대적 가치를 떠나 인간에게는 반드시 필요한 것이며, 인간의 존엄성을 뛰어넘는 위치에 있는 것 같다.

돈에는 구심력이라는 물리적 법칙이 적용된다.

구심력이 원의 중심에서 물체를 당기는 힘이라면 원심력은 물체가 중심을 당기는 힘을 말한다. 즉 원심력은 밖으로 밀어내는 관성이고 구심력은 안으로 끌어당기는 것을 말한다고 볼 수 있다.

디벨로퍼아카데미의 안병관 씨는 '돈의 정의'에서 이렇게 말했다. "질량이 커지면 커질수록 주변의 작은 눈덩이를 빨아들여 더욱 큰 질량을 가진 거대한 눈덩이가 되는 것처럼 돈도 작은 돈을 빨아들여 큰돈이 된다."고. 이는 큰돈이 지나간 자리에는 작은 돈이 진공청소기 속으로 먼지처럼 빨려 들어가게 된다는 것이다.

돈은 참으로 매력적인 존재다.

왜냐하면 돈이란 사람의 생각과 가치까지 변화시키기 때문이다. 돈은 천사와 악마의 두 얼굴을 가지고 우리를 유혹한다.

돈을 위해서라면 무엇이든 하는 무서운 세상. 그 세상 속에 나와 너, 그리고 인간 모두가 포함되어 있다.

돈은 원하는 모든 것을 이루게 한다. 돈은 그 무엇과도 바꿀 수 없는 위대한 힘을 가진 신과 같은 존재가 되었다. 고로 돈으로 열리지 않는 문은 없다고 한다.

인간이 동물과 다른 점은 돈 걱정을 한다는 것이다. 돈 걱정을 하는 동물은 하나도 없다.

돈으로 집은 살 수 있어도 돈으로 가정은 살 수 없다.

돈으로 시계는 살 수 있어도 돈으로 시간은 살 수 없다.

돈으로 의사는 살 수 있어도 돈으로 건강은 살 수는 없다.

돈으로 행복을 불러올 수는 있지만 행복 그 자체를 살 수는 없다.

하지만 요즘은 그 모든 걸 다 살 수 있을 정도로 돈의 위력은 크다.

돈은 어떤 문제도 열 수 있는 황금열쇠와도 같다.

돈! 머니! 쩐! 금!

우리가 살아가는데 절대적으로 필요한 돈!

돈이 인생의 전부가 아니라고 하지만 돈을 싫어하는 사람은 하나도 없다.

그러므로 돈을 너무 가까이 하지 마라. 왜? 돈에 눈이 멀기 때문이다.

돈을 너무 멀리하지도 말라. 왜? 너의 처자식이 천대를 받기 때문이다.

마르크스에 의하면 돈은 인간을 지배하고 인간은 돈을 숭배한다고 한다.

돈은 귀신도 춤추게 한다는 일본 속담도 있다.

돈이 말을 하면 진실은 침묵한다는 로마 속담도 있다.

부자가 되는 한 가지 방법이 있다.

유대 속담에 내일 할 일을 오늘 하고 오늘 먹을 것을 내일 먹으면 부자가 된다고 한다.

우리는 왜 돈을 많이 가진 사람을 미워할까?

돈이란 가진 자에게 엄청난 힘과 명예와 권력, 그리고 지배권을 부여한다.

이처럼 돈은 인간에게 엄청난 변화를 일으키는 마법과도 같은 존재이며, 이런 '힘'을 다스리고 조정하는 것 역시 돈이다. 그런 돈을 가진 자가 재력가이기에 그들을 부러워하면서 질투하고 미워하는 것이 아닐까?

자신이 초라해 보이는 빈곤감, 능력에 대한 상대적 열등감, 무시당하고 멸시당하는 모멸감 등은 없는 사람이 느끼는 감정이다. 이로 인해 고통과 천대, 불편함과 서러움, 냉대와 무시를 받는다고 본다.

이런 것들로부터 벗어나기 위해 힘들고 고통스럽고 짜증 나는 일도 참으며, 굴욕적이고 멸시를 받지만 험한 일도 마다하지 않고 돈을 벌기 위해 고군분투한다.

하지만 진짜로는 무엇을 위해서일까?

돈을 벌기 위해 당장 누릴 수 있는 것들을 참고 견디면서 저축한 다음 미래에 찾아오는 행복, 즉 그것이 가져다주는 자유와 힘의 세력을 얻기 때문이 아닐까?

나는 돈의 정의를 말하고 싶은 게 아니다. 돈이란 그 시대와 환경, 그리고 용도와 사용 주체에 따라 변화하고 수정되어 온 것 같다.

돈은 역시 세상을 굴러가게 하는 마력(힘)을 가진 존재인 것 같다.

천 원권 지폐는 1,000원의 가치, 만 원권은 10,000원의 가치를 가지고 세상을 돌며 사람들 사이를 오고 간다.

오늘은 이 사람에서 내일은 저 사람에게로. 때로는 돌다가 피곤해서 지갑, 서랍, 은행 금고에서 잠자곤 한다. 어떤 이가 비자금으로 꼭꼭 숨겨놨던 돈이 필요시에 나타나 존재감을 알리곤 어디론가 흘러가기도 한다.

돌고 도는 물건이라 돈이라고 했던가?

돈은 누구의 금고에 보관돼 있을 때보다 밖으로 나와 돌고 돌 때 더욱 의미가 있고 가치가 있으며 생명력을 가진다.

옛날 엽전의 겉모양이 둥글고 가운데는 네모 구멍이 나 있는 이유가 바로 이런 뜻을 모양에 심었기 때문이라고 한다.

EBS의 한 교양 프로그램에서 둥근 것은 하늘을 본뜬 것이고 모난 것은 땅을 본떴다고 한다. 또한 만물은 하늘이 덮고 땅이 싫어 없어지지 않게 하기 위한 이치가 담겼다고 한다.

조선시대의 대표적 화폐인 상평통보는 떳떳하고 평등하게 널리 통용되는 화폐란 뜻에서 붙여진 이름이라고 한다.

18세기 무렵 민간에 떠도는 사설시조 중에 "사면이 동그래서 때때로 굴러가니 가는 곳마다 반기는구나."라는 구절도 있다고 한다.

돈 때문에 우리는 일상생활에서 숱한 사연과 사건을 접하고 눈살을 찌푸릴 때도 있다.

돈은 세상을 돌면서 정의롭게 사용된다. 하지만 그렇지 못하고 생명을 위협하거나 부정적으로 거래되는 경우도 있고, 때로는 인간관계를 끊게 하거나, 진실을 가리는 용도로 쓰이기도 하며, 심지어는 패륜을 저지르는 일을 만들기도 한다. 이처럼 돈은 다양한 일에 관여하며, 자기가 저지른 일에 아무런 죄의식을 느끼지 않고 지구가 돌듯 우리 주변을 맴돈다.

맴도는 주위에 내가 휘둘리고 네가 빠져들고 우리 모두가 돌아버린다.

'돈이 뭐길래.'

모든 인간이 그렇게 환장하고 미치도록 원하고 갖고 싶어 하는 돈!

여기 일본 동화에 나오는 구두쇠, 돈을 많이 모은 사람의 이야기가 있다.

다락원 출판사에서 나온 『일본의 재미있는 이야기』를 보면 돈과 관련된 이야기가 있다.

어떤 남자가 모아둔 돈을 단지(항아리)에 넣어 땅속에 묻으며 "잘 들어. 다른 사람들에게 발견되면 즉시 뱀으로 변하거라."라고 말했다. 그런데 그 모습을 음지에서 바라본 다른 사람이 돈을 꺼내고 뱀을 넣어두었단다.

며칠 지나서 주인이 항아리를 들여다보니 어찌 된 일인지 뱀이 항아리 안에 가득 들어 있었다. 주인은 "야, 이봐. 나야 나. 네 주인이야." 하고 외쳤지만 말 없는 뱀만이 기어 다닐 뿐이었다.

인간이 돈에 얼마나 애착을 갖고 소유하려고 하는지를 잘 전해 주는 것 같다.

모두가 갖고 싶어 하고, 그래서 부자가 되고 싶어 하는 욕망을 이렇게 표현하고 있는 것 같다.

돈에 대한 각가지 표현들이 그럴싸하게 묘사되어 우리 주변에 머문다.

'돈이 양반이라.', '돈이 제갈량', '돈이 장사라', '돈에 침 뱉는 놈 없다', '염라대왕도 돈 쓰기에 달렸다', '돈만 있으면 귀신도 부릴 수 있다', '돈을 주면 배 속의 아이도 기어 나온다', '돈이면 나는 새도 떨어진다', '돈이라면 호랑이 눈썹이라도 빼 온다', '돈이면 지옥문도 연다', '돈만 있으면 개도 멍첨지라', '돈이 없으면 적막강산이요. 돈이 있으면 금수강산이라', '돈이 있으면 생명도 연장된다' 등등.

이것은 돈의 힘으로 안 되는 것이 없다는 것을 함축하여 나타 낸 표현이라고 본다.

칼 마르크스는 "돈은 인간의 노동과 생존이 양도된 본질이 며, 이 본질은 인간을 지배하고 인간은 그것을 존경한다."라고 했단다.

사람이 갖고 다니는 돈의 무게는 얼마나 될까? 무척 궁금하다.

성인 남자가 들어 나를 수 있는 돈은 1만 원짜리 지폐로 1억 원. 그 무게는 약 11kg이라고 하니까 2억 원은 22kg, 3억은 33kg, 4억은 44kg이다. 이 정도는 들 수 있지 않을까? 사람에 따라 더 들 수 있겠지만…. 이제 5만 원권까지 사용되니 10억 원 이상은 거뜬히 들고 다닐 수 있겠지.

요즘 돈의 가치가 점점 의미를 잃어 10원짜리 동전은 사람들로 부터 무시당해 바닥에 떨어진 것도 줍지 않는 현상이 일어나고 있으며, 경제활동에도 별로 용도가 없고 사용가치가 사라져 외면 당하기 일쑤다. 그래서 저금통이나 서랍 속에서 잠자는 경우가 허다하다.

현행 유통 주화가 이렇게 쓸모없는 신세로 전락하다 보니 사람 들도 10원의 가치 절하로 인해 효용성이 없다고 판단하여 사용하 지 않게 되는 것 같다.

비록 10원의 가치를 갖고 통용되지만 한푼 두푼이 모이면 가공 할 힘을 가지는 거액이 될 텐데…

우리나라 온 국민이 10원씩만 모금해도 5억이란 큰돈이 된다는 쌓음의 법칙을 잊은 채 단숨에 큰돈만 챙기려는 과욕 때문에 부자의 꿈을 이루지 못하는 것 같다.

부모의 상속을 바라고 유산을 물려받아야 남보다 편하고 자유롭게, 잘살게 되리라는 생각을 버려야 할 것이라 생각한다.

대부(大富)는 하늘이 내리고 소부(小富)는 내 노력으로 이룩할 수 있다는 속담처럼 10원의 가치도 소중히 여기는 심정으로 살아가면 좋겠다.

"유산은 주머니에 남는 것이 아니라 가슴에 남는다."라는 누군가의 말이 참으로 감동적으로 들리는 이유이다.

돈은 내가 벌었다고 내 것이 되는 게 아니다. 국가가 나에게 사용권과 그 액수만큼의 가치를 준 것뿐이다.

돈은 자기를 소중하게 여기고 바르게 사용하는 사람에게 모여든다고 하니 오늘부터라도 노력해보면 어떨까?

부자가 되기 위해서는 돈을 사랑하고 애정을 쏟으며 관심을 가져주어야 한다. 돈도 상대적으로 그런 마음을 가진 사람에게 더 빠르게 다가오리라 본다.

한 인터넷 사이트에서 돈을 대하는 자세에 대해 논했다.

첫째 지갑 속에 지폐를 바르게 펴서 넣고 깨끗하게 사용해야 한다.

돈을 편하게 해주어야 복이 들어온다고 한다.

왜? 아무 데나 구겨 넣으면 돈도 비명을 지르니까!

지갑은 돈이 사는 아파트라고 보면 된다. 나의 돈을 좋은 아파트에 입주시키면 돈도 편하게 쉴 것이 아니겠는가?

둘째, 찢어진 돈은 때워서 사용하자.

돈도 치료해준 사람에게 감사한다고 한다.

돈의 수명이 길수록 문화인이고 선진국이라고 한다.

그만큼 국가 자산을 잘 간수하고 유통시켜 경제를 튼튼하게 보전하기 때문이다.

셋째 돈을 존중하는 마음을 가져야 한다.

돈을 애인처럼 사용하자.

왜? 사랑은 기적을 만드니까?

사랑하는 애인을 함부로 다루는 사람이 어디 있겠는가?

소중하고 보물처럼 귀하게 대하면 훌륭한 아내를 얻을 수 있다.

넷째 돈에 낙서하지 말자.

당신 얼굴에 분신을 하면 어떻겠는가를 생각해보자.

깨끗한 얼굴에 낙서를 하면 지저분하고 간직하고 싶은 마음이 들겠는가?

사람이 고운 피부와 아름다운 몸매를 지닌 사람을 갖고 싶어

하듯, 돈도 깨끗하고 청결하게 사용하면 보기에도 좋고 사용할 때 기분도 좋아진다.

다섯째 헌 돈을 새 돈으로 바꿔 사용하자.

새 돈은 충성심을 보여준다고 한다.

새 돈이 지갑이나 호주머니에 들어있으면 사용하기 아까워 절제하게 되고, 이는 절약하는 마음을 키워준다. 그렇게 절약된 돈은 주인을 따라 차곡차곡 쌓이는 부의 기틀을 만들어준다고 한다.

여섯째 돈은 성실하게 벌어서 바르게 써야 한다.

돈을 부정한 방법으로 모으면 원성을 사고,

돈을 힘으로 빼앗으면 원한을 맺고,

돈을 간사한 꾀로 벌면 눈물이 맺고,

남의 돈을 갚지 않으면 폐인이 된다.

성실하게 번 돈은 착한 돈이고, 바르게 번 돈은 선한 돈이다.

이런 돈으로 자녀를 교육해야 성실하게 자라고 바르게 키울 수가 있는 것이 아닐까?

우리 속담에 "개처럼 벌어서 정승처럼 쓴다."라는 말이 있다. 이 말은 비록 미천한 방법으로 돈을 벌더라도 떳떳하고 보람되게 써야 한다는 의미라고 본다.

돈도 건강해야 따라오며, 기가 살아야 운도 따른다고 한다. 또

한 약 중에 제일 좋은 보약은 검약이라고 한다.

그러니 힘들어도 웃어라! 돈도 웃는 사람을 좋아한다. 웃음은 돈으로도 살 수 없는 무한의 가치를 지닌 삶의 청정제요 비타민인 것이다.

당신이 돈을 귀하게 여기고 존중하면 돈도 당신을 위해 열심히 따라올 것이다.

돈은 약도 아니고 저주도 아니며 더욱이 신도 아니다.

다만 인간을 축복해주는 고마운 것만은 틀림이 없는 것 같다.

모 방송사에서 제작해 방영하고 있는 서민 갑부에 나오는 사람들은 모두 돈을 귀하게 여기고 내 몸처럼 존경하며 사랑하는 마음을 갖고 노력해온 사람이었다는 것을 기억하자.

오늘부터 아래의 5만 원권을 당신의 현관문 위에 붙여놓고 어머니의 소중함처럼 돈의 소중함을 기억하도록 하자.

도라지와 더덕, 그리고 산삼

새해 아침에 친한 친구로부터 카톡 하나를 받았다.

내용인즉 어떤 사람이 산삼을 캐서 친한 친구에게 주었는데 산삼을 받은 친구는 그것이 도라지인 줄 알고 고추장에 찍어 먹었다고 한다. 뒤늦게 산삼인 줄 알고 보내준 친구에게 고맙다는 인사를 했다고 한다.

산삼과 같은 친구들, 가족들을 도라지나 더덕처럼 여기고 있지는 않았나 생각하며 도라지든 더덕이든 '내가 먼저 심 봤다'고 하고 그들을 산삼 취급해주면 그들도 산삼이 되지 않을까 생각했다는 이야기다.

질문 하나 해볼까 한다.

여기 도라지와 더덕, 산삼 세 가지가 있을 때 어느 것을 먹겠느냐고 물으면 열 중 열은 모두 산삼을 택할 것이다. 왜냐하면 오랜 세월 동안 산삼이 건강에 좋다는 인식이 각인되었기 때문이다. 누구도 의심할 여지가 없는 질문이라고 본다.

인생의 길 위에는 도라지 같은 친구도 필요하고 더덕 같은 친구도, 산삼 같은 친구도 다 필요하고 중요하다고 본다.

왜냐. 도라지나 더덕, 산삼은 그 나름대로의 기능과 작용이 있고 효능도 다르며 인간의 생활에 없어서는 안 될, 아주 유용하게 쓰이는 식용·약용재료이기 때문이다.

다만 사람의 입장에서 산삼이 도라지나 더덕보다 효능이나 효과가 월등히 좋은 것도 있지만 단지 귀하고 구하기 힘들어 가치가 높고 선호받고 대접받는 산삼과 같은 위치에서 대접하고 취급해야 한다는 이야기였다.

친구는 어떤 물건과 비교해서 가치를 따지기보다는, 나에게 있어서 얼마나 소중하며 얼만큼 이해하고 포용하며 소통할 수 있는 진정성을 가지고 있는가가 중요한 것 같다.

진정한 친구란 무엇일까?

외로울 때 말없이 지켜주는 청량제 같은 사람.

고민과 고통을 받을 때 말없이 다가와 묵묵히 들어주고 공감해주는 소화제 같은 사람.

우울할 땐 나를 불러내어 맥주 한 잔과 치킨을 사주며 치유해주는 사이다 같은 사람.

기쁠 때 함께 웃어줄 수 있는 산소 같은 사람.

힘들 때 함께 할 수 있고 위로해주는 비타민 같은 사람.

아플 때 말없이 다가와 손을 잡아주는 햇볕 같은 따뜻한 사람이면 더 좋은 친구가 아닐까 생각한다.

하지만 이런 능력을 갖춘 사람은 얼마나 될까?

이를 실천하고 실행할 수 있는 사람은 날개 없는 천사요 인간의 신이라고 볼 수도 있을 것이다.

좋은 친구란 서로의 부족하고 모자란 점을 채워주는 존재라고 한다.

그러므로 좋은 친구를 만나려면 내가 먼저 좋은 친구가 되어야 하며, 이 이야기는 수없이 들어왔다.

친구는 이렇게 맺어지고 얽히며 만들어진다.

친구 관계가 성립되면 다음으로 친구와 나 사이, 친구와 친구 사이에는 '정'이란 놈이 자리 잡기 시작한다.

세월이 흐름에 따라 커지고 넓어지고 두터워지는 것이 우정이란다. 우정이 쌓이고 깊어질수록 믿음이 싹트고, 그 믿음이 깊어질수록 서로가 서로를 인정하는 신의가 형성되며 친구 관계가 더 돈독해지는 것이다.

우정은 서로 주고받을 때 더 두터워진다고 한다. 그래서 우정은 신에게서 받은 최고의 선물이라고까지 말하는 사람도 있다.

친구는 글이나 말로 표현하거나 정리할 수 있는 것이 아니다. 그래도 칠순의 나이에 접어든 시점에서 생각해 본다면 우정이란 길거리에서 군고구마 구울 때 나는 달콤한 냄새와 같고, 뚝배기 속 은은하게 풍기는 청국장 같고, 식사 끝내고 마시는 구수한 숭

늘 같은 것이다. 곁에 있어서 행복하다고 느끼는 그런 친구, 옆에 있으면 더 좋고 나의 아픔을 자신의 아픔처럼 여기고 도움을 주는 친구가 있다면 그것은 성공한 삶이라고 말할 수 있을 것이다.

이런 친구가 주는 우정의 힘은 우리의 삶을 살찌게 한다.

고로 우정은 가장 자연적이고 인간 본성에 부합하는 것인지도 모른다.

무술년 새해에는 큰 바람보다는 작은 바람이라도 실천하고 실행하는 한해였으면 좋겠다.

사람의 향내와 인간미가 풍기는 한 해.

좋은 사람 만났다고 즐거워할 수 있는 한 해.

늘 긍정적이고 미소가 가득하며 웃음이 넘치는 한 해가 되었으면 더 좋겠다.

꽃의 향기는 십 리를 가고, 말의 향기는 천 리를 가고 나눔의 향기는 만 리를 가고, 친구의 향기는 영원하다고 한다.

세월이 흘러흘러 외롭고 쓸쓸하고 허전해지는 이 시점에서,

누군가 나를 기억해주는 이가 있다면 참으로 고마운 일이고,

누군가 나를 걱정해 주는 이가 있다면 참으로 행복한 일이고,

누군가 나에게 카톡을 보내주는 이가 있다면 참으로 복 받은 일이다.

이제부터라도 누군가에게 고맙고 행복을 주는 사람이 되려고 노력하는 것이 진정한 친구가 되는 길이 아닌가 생각한다.

작은 친절과 작은 미소를 보내주는 당신은 참 좋은 친구요 최고의 우정이라고 말하고 싶다.

소담 엔카의 '고통을 이기는 데는 친구가 제일이요, 우정을 지켜가는 삶이 노후의 미덕이다'라는 문구가 가슴에 확 스며든다.

허물 (I)

허물이란 무엇일까?

우리는 허물을 남의 단점이나 좋지 않는 행동이나 습관을 말하거나 표현할 때 사용한다.

눈으로는 자기 눈썹을 보지 못한다는 말이 있다. 자신의 허물을 잘 알지 못하지만 남의 허물은 잘 안다는 뜻의 사자성어에 목불견첩(目不見睫)이란 말도 있다.

여기서 '허물'은 '잘못', '흠', '흉'을 뜻한다고 한다. '흠'이라는 것은 그 사람 자체에 있다기보다 그것을 바라보는 사람의 마음에서 싹트고 자라는 것 같다.

그래서 흠을 잡지 않는 마음으로 상대를 보면 상대방이 아무리 실수를 해도 흠을 찾을 수 없다. 그래서 그 자신도 흠이 없게 된다고 적고 있다.

논어에서는 '사람은 누구나 잘못이 있기 마련이다. 이것을 고치면 잘못이 없었던 것이 되지만, 잘못인 줄 알면서 고치지 않으면 그 잘못으로 인해 더 큰 잘못을 하게 된다.'는 취지의 어구가 나온다.

또한 성공한 사람은 잘못을 곧바로 고치고 잘못을 귀중한 경험으로 삼는다는 '과이불개면 시위과의(過而不改면 是謂過矣)니라.'라는 논어의 가르침도 있다.

사람들은 남의 허물을 보고 비난하며 손가락질을 한다.

남의 잘못, 흉, 흠을 보고 손가락질하는 데는 익숙하지만 그것을 통해 자신을 들여다보며 거울로 삼은 이들은 보기 드물다. 다시 말해 남의 허물을 쉽게 보면서도 자신의 허물은 알지 못하는 경향이 있다.

바라보는 시각에 따라 왜곡된 시각으로 보면 흠이나 흉이 되기도 하지만 고운 마음으로 바라보면 그다지 흠이나 흉이 안 될 수도 있다.

또한 판단하는 잣대가 객관적이고 사실적이며 공정한 입장에서 바라보면 큰 문제는 없겠지만 편협적이고 자기중심적인 측면에서 보면 하찮은 것도 다 흠이요 흉이 될 수 있다.

평점심과 공정심을 가지고 바라본다는 것은 쉬운 일은 아니다.

같은 대상을 보고도 전혀 다른 시각에서 보고 전혀 다른 생각을 할 수 있다는 사실과 또 대상을 꼭 한 가지 방향이 아닌 다른 방향으로 볼 수 있다는 사실도 다시 한번 깨달아야 할 것이다.

시각의 차이는 지식, 경험, 환경, 사고력, 판단능력 등에 따라서 다양하게 나타날 수도 있다.

눈으로 바라보는 시각(눈의 각도)은 거의 비슷하다고 본다. 그러나 시각을 통해 들어온 사물을 인지하고 판단하는 능력은 사람에 따라 다르다고 본다.

자기 위주로 사고하기 때문에 불신이 생기고 자기 방식대로 해석하기 때문에 불평이 생기게 마련이다.

프랑스의 철학자 조셉 루이는 이렇게 썼다.

나는 내가 가지지 못한 것을 보고 불행하다고 생각한다. 그러나 다른 사람은 내가 가진 것을 보고 행복하리라 생각한다고…

같은 대상을 두고 생각이 다른 것, 즉 시각의 차이가 이렇게 정반대인 상황이 생활 속에도 많이 존재한다는 것을 알았다.

사람의 허물은 한 인간의 행동에 제약과 족쇄가 될 수 있으며, 그 사람의 인격과 인품에 손상을 가하는 수도 있다.

사람은 누구나 크고 작은 실수를 저지를 수 있다.

누군가가 실수를 저지르는 순간을 지켜보는 사람이 좋지 않은 시각으로 보았다면, 본 사람의 머릿속에는 그것이 실수한 사람의 흠이라 각인될 수도 있다. 누구는 같은 실수가 여러 번 해도 흠이 아니고, 누구는 단 한 번의 실수로 인해 흠으로 각인되어 흉으로 남는 기가 차는 일이 일어나는 경우도 있다.

사소하고 작은 실수는 배려라는 차원에서 본다면 그다지 큰 흠은 아니라고 본다.

길에서 만나는 얼굴 없는 스승들

어떤 대상에 대한 사실과 상황을 알았을 때, 서로 다르게 느끼는 감정과 판단이 모두 다르다는 것을 인정하고 이해해 줄 수 있고 받아들일 수 있는 건강한 마음의 여유가 필요하다고 본다.

사람은 누구나 남에게 잘 보이려고 노력하지만 그것이 마땅치 않을 때에는 허물을 꾸미고 포장하려 한다. 변명과 거짓말은 다들 나쁘다고 알고 있지만 사람 사는 사회에서는 거침없이 행해져 왔다.

사람은 자신의 잘못을 시인하고 용서를 구할 때 비로소 자신의 허물을 하나하나 벗어버릴 수 있고, 진실된 사람이 된다. 이를 통해 인류의 진화가 이루어져 신뢰가 형성되는 사회가 만들어지지 않을까?

사랑은 남의 허물을 감싸주고

배려는 남의 잘못을 용서해주며

인정은 나의 흠을 고쳐주고

칭찬은 나의 마음에 불씨(의욕)를 만든다.

나와 관계있는 모든 사람의 생각과 행동을 각자의 기준으로 재단하고 판단하는 것이 일상적으로 행해져 왔고 그렇게 적용되곤 했다.

나와 관계있는 어떤 사람 A가 평소에는 얌전하고 모범생인데 술을 먹으면 이성이 흐려져 아무 데서나 방뇨를 하는 장면은 A한

테는 하나의 흠으로 남아 도덕적으로 결함이 있다고 낙인이 찍히지만, 둘도 없는 친한 친구가 술로 인해 한 번 실수하는 장면을 보면 그럴 수도 있다고 너그럽게 버릇으로 치부하는 경향도 있다.

그 현상을 본 당사자가 누구에게는 흠이고 누구에게는 버릇이라며 적용기준을 달리하여 판단하는 것이다.

아무 흠이나 결점이 없다고 생각하는 당사자가 어떤 원인으로든 그가 남에게 "버릇이다. 흠이다."라고 손가락질한 실수를 본인이 똑같이 했을 경우 관대하고 너그럽게 그럴 수도 있다고 넘어가면서, 정작 남의 흠이나 흉에 대해서는 관대하게 배려해주고 감싸주는 일에는 인색한 것이 우리의 본 모습이 아닌가 생각을 해본다.

여기 마음을 돌아보게 하는 좋은 글이 있어 소개한다.

살아온 세월이 무색해지는 것은

내 잘못은 모르고 남의 잘못은 크게 보여

함부로 말하는 내가 내 허물을 스스로 들추어내는 것이라

(중략)

살아가며 맺은 인연들의 허물은

내가 어떻게 보고 어떻게 대처하느냐에 따라

흘러가는 구름과 같고 지나는 세월과 같음이라

누구의 허물을 탓할 시간에

아름다운 언어로 사랑스러운 눈빛으로

함께 즐기며 오늘을 보내길 바라봅니다

　타인의 허물은 덮어서 다독이고, 내 허물은 들춰서 다듬고 고쳐나가면 어제의 모습과 다른 오늘의 내가 되고 내일은 오늘보다 더 나은 모습으로 변해갈 것이다.

　그런 당신이 가장 아름다운 사람이 아닐까 생각해 보면서…

늙어간다는 것은

사람은 늙을수록 얼굴에 웃음을 그려야 한다.

왜냐하면 늙은 얼굴은 자기 인생의 성적표이기 때문이다.

우리가 늙어간다는 사실은 무엇을 나타내는 것일까?

눈에 보이고 피부로 나타나며 마음으로 느끼고 육신에 나타나는 이상 징후가 늘어나는 변화를 살펴보면 쉽게 감지가 된다.

조선일보의 기고문에 '늙는다는 것은 작아진다는 것이고 마른다는 것이고 비운다는 것이다.'라는 말이 나온다.

늙어간다는 것을 한마디로 이렇게 표현해놓은 것을 보니 간단하면서도 어쩐지 서글프고 아쉬운 생각이 앞선다.

모든 꽃은 꽃봉오리일 때 귀엽고, 보기도 예쁘고, 사랑스럽게 보인다. 그리고나서 활짝 피었을 땐 가장 화려하고, 가장 향기가 나며, 가장 아름답게 보이는 것처럼 인간도 10대 전까지는 귀엽고 사랑스럽고 탐스럽지만 20대에서 40대까지가 가장 활동적이고 멋지고 인생의 품위가 발산하는 청춘의 절정기이다. 그리고

50대에 무르익어 완성된 황금기는 서서히 아래로 향하는 곡선을 그리기 시작한다.

모든 꽃은 멋진 자태를 발산한 후 시들어 볼품없는 형태로 변해 추잡한 모습으로 떨어진다.

인간도 70대 이후부터는 힘도 기운도 서서히 줄어들고 피부에도 주름이 깊이 파이고, 관절은 고장 나고, 정신은 멍해져 기억력마저 떨어져 가물가물해지고, 생활방식이나 경제활동도 점점 줄어들고, 모두가 내 몸에서 하나씩 떠나가 몸소, 감소, 검소, 축소되는 느낌을 갖게 한다.

늙어간다는 것은 서글프고 안타깝고 쓸쓸함이 저만치서 손짓하며 조금씩 조금씩 나에게로 다가오고 있는데, 거절할 수조차 없는 필히 받아야 할 과제인 것 같기도 하다.

늙어간다는 것은 작아진다(줄어든다)는 것이다.

등이 굽어 키도 줄어들고 체중도 감소하고 찰 만큼 채워진 세월 앞에 이제는 아무리 잡아도 채울 수 없던 욕망도, 어깨에 짊어졌던 세월의 무게도 다 내려놓아야 한다.

팔팔하게 자라던 꿈도 작아져 소박해져 가고 힘차게 내뿜던 용기도 웅크리고 빳빳하던 자존심도, 기죽지 않던 자존감도 세월의 무게에 눌려 소리 없이 내려놓아야 하는 때가 가까워 오고 있는 것이다.

먹어야 할 밥그릇 숫자도, 남아있는 시간도, 머릿속 기억도, 나의 옆에 있던 친한 친구의 숫자도 하나하나 줄어들고 없어져 간다.

허리가 굽고 다리에 힘이 없어 걷기가 불편해지면 지팡이가 등장하고, 네 발의 보행기에 의존해야 한다.

나도 저런 모습으로 인생의 마지막 길을 걸어야 할 것 같은 느낌이 드는 건 무슨 이유일까?

늘어가는 주름살과 몇 가닥 안 남은 흰머리가 한숨 소리에 휘날리는 모습이 쓸쓸하다 못해 애잔하게 보인다.

늙어간다는 것은 마른다는 것이다.

늙어간다는 것은 조금씩 낡아가고 없어져 간다는 뜻이다.

흰머리가 머리 위에서 춤을 추거나 수놓아 가는 시기를 지나 머릿살이 훤하게 보이고, 하얀 이를 드러내며 웃고 있지만 하나둘 사라져 남의 이로 채워지고, 탄력을 잃은 피부는 골이 패여 고랑이 늘어가며 검은 꽃이 피어나고, 체력을 소진해 힘이 떨어진다. 이내 움직이는 것조차 어렵고 몸의 기능마저 여기저기 고장 나고 이상 신호가 들려오기 시작한다. 기가 빠져나가 힘이 없어지면 병이 드는 것은 거부할 수 없는 삶의 한 과정이다.

싱싱하고 푸르렀던 나무가 잎이 지고 나면 앙상한 가지만 남은 변화가 내 몸에서도 감지되고 느끼게 된다.

인터넷 돌아다니다 이런 글을 발견했다.

눈이 어두워진다는 것은 세상에 더러운 것은 보지 말라는 것이고,

허리가 굽은 것은 지난날의 잘못을 사죄한다는 뜻이다.

이 글은 늙어가는 현상을 그럴싸하게 표현한 것이리라.

기능이 떨어지고 모양이 달라지는 것도 조금씩 낡아가는 징조이기 때문이다.

눈이 침침해져 글자가 보이지 않아 돋보기가 등장하고, 기억이 하나둘 사라져 건망증인가 치매인가를 의심하게 하고, 소리도 멀어져 들리지 않아 보청기에 의존해야 하며, 얼굴 모양이 일그러져 주름이 늘어나고 피부가 쭈글쭈글해지고, 허리가 굽고 다리가 무거워 걷기가 불편해 지팡이가 등장하고 네 발의 보행기가 거리를 휘젓는다.

늙어간다는 것은 비운다는 것이다.

수없이 많이 지고 있던 짐도, 미움도, 원망도, 욕심도 모두 내려놓고 하나하나 비워 나가는 것이 늙어가는 과정이다.

하나하나 비워 가다 보면 머릿속에 든 것, 기억도 흐려지고 아

는 것도 사라지고 그래서 점점 어린애처럼 변해가는 자신을 보게 된다.

주변 사람들의 시선과 행동 어느 것에도 대응하지 않고 반응도 없이 웃는 얼굴로 보내는 것이 전부이다.

젊은 시절 두 어깨에 지고 있던 사명감, 책임감, 의무감도 시간의 흐름과 함께 서서히 내려놓고 가야 하는데, 어째서인지 기쁘거나 즐겁지 않고 오히려 쓸쓸하고, 외롭고, 그립고, 허탈한 느낌만이 가슴에 남는다.

이 모든 것이 다 비워지면 이제 마지막 남은 잎새처럼 어느 날 어떤 이유로 떨어질지 모르는 운명에 나를 맡겨야 한다.

늙어간다는 것은 아주 사소한 일에서 작은 행복을 느끼기도 하고 서운함과 소외감을 느끼기도 하는 것이다.

노년을 초라하지 않고 우아하게 보내는 비결은 사랑, 용서, 여유, 아량 등에 있을 것이다.

첫째, 나와 만나는 모든 사람에게 사랑을 베풀고 내 주변의 모든 것을 사랑해주는 것이 아름답게 늙어가는 변화라고 본다.

사랑이 밥을 먹여 주지는 않지만, 사랑을 하면 밥이 맛있어진다는 말처럼 사랑을 하면 모두가 즐겁고 아름답게 변화한다는 것이다.

사랑은 어둡고 힘든 상황을 밝고 편안하게 변화시키는 마술과도 같은 힘을 가진다.

"늙어갈수록 말은 적게 하고 지갑은 열어라."라는 속담은 늙어 갈수록 말을 줄이는 것이 화를 부르지 않는 방법이고, 지갑을 열어 베풀고 가라는 경험에서 나온 것 같다.

살아서 많이 베풀지 못하고 도움도 주지 못하지만, 저승 가는 마지막 길에 환송하러 온 조문객들에게 술 한 잔 대접하는 풍습도 이런 의미에서 생겨난 것이 아닌가 하는 생각이 든다.

세월이 흘러 한 살 한 살 더해가더라도 긍정적인 사고와 베푸는 마음만은 멋지고 아름다울 것이다. 그런 마음을 간직하는 게 우아하게 늙어가는 모습이겠지.

둘째, 노년을 초라하지 않고 우아하게 보내는 비결은 용서하고 화해하는 마음가짐을 지니는 것이라 본다.

내가 먼저 손 내밀고 내가 먼저 웃음 지어 보일 때 노년의 뒷모습은 우아하고 곱게 변해가겠지.

"잘 물든 단풍은 봄꽃보다 예쁘다."라고 한 노스님이 말씀하셨다.

봄꽃은 예쁘지만 떨어지면 지저분해져 주워 가는 사람이 없지만, 잘 물든 단풍은 떨어져도 주워가는 사람이 많다고 한다.

셋째, 노년을 초라하지 않고 우아하게 보내는 비결은 여유를 가지고 천천히 나아가는 것이다.

넉넉함에서 여유로움을 찾기보다는 부족함 속에서 여유로움이 묻어나는 것이 더 아름답지 않을까?

어느 식당 벽에 붙어 있는 글귀가 마음을 사로잡는다.

하루 중에는 저녁이 여유로워야 하고 일 년 중에는 겨울이 여유로워야 하고 일생에는 노년이 여유로워야 한다는 것이다.

노년에 경제적 여유가 없으면 여유 있게 삶을 즐긴다는 것은 불가능할 뿐만 아니라 자신의 삶을 영유하는데 많은 불편함이 따라온다.

넷째, 노년을 초라하지 않고 우아하게 보내기 위해선 매사에 아량을 가지고 너그럽게 대처하는 자세가 필요하다고 본다.

깊고 너그러운 마음씨로 남을 포용하고 관용을 베푸는 자세가 세포의 늙음을 다소 늦추는 역할이 될 수도 있다고 본다.

우리 몸을 구성하고 있는 세포는 주위 환경에 노출되어 있기 때문에 항상 주위 환경으로부터 자극을 받고, 그 자극에 반응하면서 생명을 유지한다.

고로 남을 포용하고 관용을 베풀면 기분이 좋아지고 흐뭇해지는 에너지가 생성되어 즐거워지며 몸이 편안해지기 때문에 세포가 외부로부터 받는 감정의 충격이 감소하고 내부로부터 솟아나는 즐거운 감정이 증가하여 세포의 에너지 소비가 감소하므로 늙음을 지연시킬 수 있다는 것이다.

다섯째, 노년을 초라하지 않고 우아하게 보내는 비결은 몸과 마음을 항상 깨끗하고 청결하게 유지하는 것이다.

언제나 단정하고 깔끔하게 차려입어야 냄새도 없고 주위로부터 소외당하지 않는다. 또한 말하기보다는 듣기를 많이 하며 박수를 많이 쳐야 노년을 아름답게 장식할 수 있다. 태어날 때 깨끗하고 예쁘게, 귀염을 받고 축복받으며 왔듯이 갈 때도 올 때처럼 깨끗하고 아름답게 가야 하기 때문에 늘 청결과 정화에 신경을 써야 하는 것이다.

한 해가 지날수록 몸이 말을 안 듣는다고 한다.

젊어서 하도 일을 많이 하여 등이 굽은 할아버지와 할머니가 유모차나 지팡이를 끌거나 짚고 힘겹게 걸어가는 모습은 애처롭다 못해 가슴 아프며 지팡이를 짚고 힘없이 걸어가는 뒷모습이 처량하고 저렇게 변할 날이 가까워지고 있다는 허탈감에 기운이 빠진다.

병원에 가면 병상에 누워있는 아픈 사람들, 거리를 걷다 보면 몸이 불편한 분들, 공원에 가면 하루 종일 앉아서 누구를 애타게 기다리는 노인들, 요즘 세태에 생겨난 아무도 찾아오지 않는 독거노인, 손자손녀가 보고 싶고 만나고 싶지만 멀리 떨어져 있어 그리워하다가 잠이 든 할아버지 할머니, 보살핌을 받지 못해 요양원에 맡겨진 노부모들, 이 모두가 나의 미래를 보는 것 같다.

늙어간다는 것은 더 지혜로워지고 더 여유로워지고 더 베푸는 것이라고 한다.

좋은 사람은 늙어가는 모습도 아름답다고 한다.

우리는 다 늙어간다.

늙어가는 것은 당연히 서럽고 안타까운 일이지만, 그래서 살아가는 동안 늙지 않기 위한 묘약이 등장하고, 온갖 방법이 동원되고, 주술이 난무한다. 그러나 세월의 시간 속에 조금씩 녹아 들어가는 것은 인간 모두가 겪는 일이며, 누구 하나 죽는다는 사실을 부정하지 않고 받아들이는 것은 아직까지 세월 앞에 살아남은 자가 없었다는 사실을 알기 때문이 아닐까?

모두가 죽음을 앞두고 불만도 불평도 없이 초연하고 의연하게 받아들이는 것은 인간이기 때문에 가능한지도 모른다. 개와 돼지, 염소는 절대 초연하거나 의연함이 무엇인지도 모르고 늙어가니까.

어찌 되었건 인생을 살아가는 동안 누구도 예외가 없었다면 불만도 불평도 없는 것이겠지.

모든 나뭇잎이 겨울이 되면 볼품없이 변해 이리저리 뒹굴 듯, 우리도 노쇠하고 쓸모없는 사람으로 변화하고, 그리고 사라져간다.

단풍나무 잎이 보기 좋고, 아름답고, 예쁘고, 곱게 물들어 가듯이,

서쪽 하늘로 지는 해가 만드는 석양의 아름다움과 찬란한 광채

처럼,

　우리도 그렇게 늙어갔으면 좋겠다.

　먼 훗날 내 얼굴에 그려질 표정이 따뜻하고 넉넉하고 그래서 환하게 웃는 얼굴이 되도록 살아가야지.

　그렇게 만들 수 있도록 하루에 한 번은 거울을 보면서 미래를 만들어가자.

헌 신짝 함부로 버리지 마라

인간은 최초 지구상에 나타났을 때는 벌거숭이인 채 맨발로 돌아다녔을 것으로 생각된다.

그때는 발에 굳은살이 박여 돌처럼 단단해서 웬만한 장애물이나 충격에는 아픔을 느끼지 못하고 다녔을 것이다.

신발이 없었다면 사람들은 돌밭길이나 뜨거운 사막의 모래밭 혹은 혹한의 차가운 눈길, 그리고 가시밭길 내지는 자갈길이나 진흙탕 같은 길을 어떻게 버티며 걸었을까?

『신발의 역사』라는 책에 보면 우리는 일생 동안 지구 둘레의 두 바퀴나 두 바퀴 반인 10만 5000킬로미터 정도를 걷는다고 한다. 신발을 살펴보면 어디에 갔으며 어디에 있었는지도 알 수 있다고 하니 신발의 역사는 우리 인간의 삶 속 여러 가지 형태의 이야기를 들려준다.

퇴임을 앞둔 부시 미 대통령이 이라크에 갔다가 어느 기자가 던진 신발에 맞을 뻔한 사건이 있었다고 한다.

그가 던진 신발이 성난 중동 민심을 대변하는 저항의 상징이 되었다고 한다.

사건의 당사자인 부시 미 대통령은 자신을 향해 날아온 그 신발에 담긴 눈물의 의미를 알기나 했을까?

신발에 얽힌 잊지 못할 사연은 현대그룹 창업주이신 고(故) 정주영 회장님에게도 있다. 평생을 한국의 중공업발전에 헌신하신 그분이 신고 다니셨던 낡고 닳은 작업화 사진 한 장이 가슴을 뭉클하게 한다.

6·25전쟁 당시 전투에 참가했다 피지도 못하고 산화한 젊은이의 군화도 가슴을 여미게 한다.

이렇듯 신발에는 삶의 애환과 고통, 슬픔과 기쁨, 즐거움과 괴로움, 추억과 역사가 남겨져 있을 것으로 본다.

신발은 발을 보호하기 위해서, 또는 몸을 장식하기 위해서, 나아가 일의 용도와 목적에 따라서 여러 가지 형태로 발전해 왔다.

신발은 두 발로 서서 걸어 다니는 인간에게는 더없이 필요하고 없어서는 안 될 중요한 도구 중 하나이다.

우리는 사람의 발자취를 담은 기록을 이력(履歷)이라 하는데, 이(履)는 신발을 뜻한다. 고로 신발이란 사람 그 자체를 상징한다고도 볼 수 있을 것이다.

신발의 제일 중요한 역할은 발이 받는 충격을 분산시키거나 제거해 쿠션과 같은 역할을 하는 것이리라. 그래야만 발목과 발뒤

꿈치, 그리고 발가락을 보호하고 발의 변형을 방지할 수가 있다.

발이 건강하지 못하면 몸이 건강할 수 없듯이, 발이 피로하면 전신의 피로를 초래하게 된다. 왜냐하면 하루에 발이 받는 압력은 천 톤에 달하기 때문이다.

그래서 신발이 우리 몸에 주는 역할은 크다고 할 수 있다.

가능하면 한 켤레 가지고 사계절을 신는 것보다는 두세 켤레를 번갈아 신는 것이 발을 보호할 수 있는 방법이라고 본다.

신발은 당신의 발을 보호해야 하는 의무가 있다.

길을 가다가 돌부리에 채일 때면 당신의 발을 보호해주기 위해 내가 먼저 부딪치는 아픔을 감수했으며, 어떤 장애물에 걸려도 아프지 않게, 다치지 않게 온몸으로 발을 보호해주었다. 제 몸이 부딪쳐 찢어져도, 제 몸의 일부가 떨어져 나가도 신발은 불평하지 않고 최선을 다해 발을 보호해주었다.

당신이 체중으로 누르는 압력에 숨통이 끊어지는 고통을 느끼지만 참아가며, 충격도 견뎌가며 발을 보호하고 편안하게 해주었다.

길을 걷는다든지, 등산을 간다든지, 험한 길, 울퉁불퉁한 산길, 자갈길, 진흙탕 길 어느 길을 가든지 최대한 편안하고 안전하게 일을 보도록 배려하고 서비스를 제공했다.

어느 일요일 날, 당신과 함께 나는 높고 험한 설악산 대청봉에도 올라갔고, 캄캄한 동굴 속에서도 함께 했다. 당신이 가는 곳이 아무리 험하고 위험하고 힘들어도 당신의 발을 위해 꾹 참고 무거운 충격을 받으며 돌 위와 험한 계곡도 걸었고 급경사를 오르면서 넘어질세라 신경을 곤두세우고 중심을 잡아가며 함께 걸었다.

나는 또 당신의 발을 깨끗하게 보호해야 할 의무가 있다. 당신의 발이 더러워지면 안 되기 때문에, 발에 이물질이 묻으면 곤란하기 때문에 내가 먼저 진흙탕에 들어갔고, 더럽고 냄새나는 곳도 마다하지 않고 내가 먼저 들어가 경험해야 했다.

먼 길을 다녀왔고 험한 산을 갔다 온 후에는 당신의 발만 깨끗하게 씻고 나는 밖에 내동댕이친다. 냄새가 진동해도 세탁할 줄 모르고, 내가 더러워지면 당신의 발에서도 냄새가 나고 곰팡이가 번식하는데도 세탁 한 번 안 했다.

언제 나를 깨끗하게 빨아 신은 적이 있는가?

냄새를 없애기 위해 소독 한 번 해준 적이 있는가?

묻고 싶다.

소독은 나를 위해 하는 게 아니야! 당신 자신의 건강을 위해 하는 건데!

그것조차도 귀찮아서 팽개치는 게으름뱅이 당신이어!

당신이 조금만 부지런해도 나를 씻겨주고, 빨아주고, 닦아주면 당신의 발도 건강하고 깨끗하고 사랑도 받으면서 함께할 수가 있었을 텐데…

뒤꿈치가 닳아서 균형을 잃어도 바로잡아 고쳐 쓰려고 생각도 않고 나만 타박하면서 당신과 함께 희로애락을 함께한 수년의 정은 하루아침에 헌신짝 버리듯 쓰레기 봉지 속으로 내동댕이친다.

조금 고쳐 쓰면 발도 편하고 돈도 절약하며 오래도록 친구가 되어 더욱 화목해지건만, 발 밑창에 수없이 난 상처를 보면 신발이 주인에게 얼마만큼의 희생과 봉사를 해왔고 헌신적인 노력을 기울여 왔는가를 짐작할 수가 있다.

당신은 맨발로 거리를 거닐어 보았는가?

당신 발바닥이 얼마나 아픈지를 겪어보고, 맨발로 산을 오르면서 돌부리에 채여 보라!

얼마나 고통스럽고 짜증나는지를…

당신과 함께한 세월 동안 신고 또 신어 닳아버린 신발창처럼 누구를 위해 말없이 헌신해본 적이 있는가?

온몸으로 당신을 받쳐주고 감싸주며 보호해주는 신발처럼 당신도 누구를 그렇게 감싸주고, 보호해주고, 사랑하며 소중하게 생각해본 적이 있는가?

신발은 당신에게 무한한 사랑과 희생으로 헌신해 왔다.

다 닳아서 소용이 없다고 함부로 버리지 마라.

신발 끈이 발끈할 수도 있다.

신발이 화가 나면 심통을 부릴 수도 있다.

길을 가다 미끄러져 다치게 할 수도 있고, 뾰족한 물건에 찔리게 할 수도 있다.

아름다운 당신의 발을 더럽히고 아프게 할 수도 있다.

또 한눈팔면 그대로 넘어져 다리나 허리, 아니면 엉치뼈까지 못 쓰게 할 수도 있다.

신발이 화가 나면 발끈하는 성질, 그게 바로 신발 끈이야! 몰랐지?

신던 신발을 함부로 버릴 수 없는 것은, 신발에 나와 함께한 역사가 담겨있기 때문이다. 수년 동안 나와 함께한 다 닳고 해진 헌 신발 하나에서 삶의 고단함이 묻어나온다.

기쁨과 슬픔, 연민과 사랑, 그리고 가난과 고통을 넘어 신성함과 경건함이 교차하며 떠오른다.

수년의 세월이 흘러가면서 신발은 닳고 닳아 낡아갔지만, 한 해 한 해 쑥쑥 자라 나를 여기까지 오게 했다.

그런 신발에게 당신은 한 번이라도 '수고했다. 고맙다.'는 생각을 가지고 대화해본 적이 있는가?

당신을 인도하고, 지켜주고, 키워준 낡은 신발 한 켤레가 닳고 해져서 이별하게 된 순간에 당신께 마지막으로 전하는 한마디는 쓸모없다고 함부로 버리면 당신도 어느 순간에 가차 없이 버림받을 수 있다는 경고 아닌 경고를 보내는 것 같았다.

인터넷을 돌아다니다 이런 글귀를 발견했다.

그 어떤 것에도 걸리지 않고 나만의 세상을 경험할 수 있게 만들
어준 신발에게 감사를 느끼자. 왜냐하면 신발은 나와 동행하면
서 내가 원하는 곳은 어디든 자유롭게 갈 수 있게 해주었고 더
편하게 세상을 살아갈 수 있게끔 도와주었기 때문이다.

나에게 신발은 내가 걷기 시작하는 순간부터 죽는 날까지 나와
동행한 동반자이자 행복을 선물해준 것이다.

사람이 죽으면 그의 죽음을 알리기 위해 문밖 작은 상 위에 밥
과 수저, 그리고 신발을 놓아둔다. 이런 풍습을 보면 저세상에서
도 편안하게 신발은 신고 다니라는 의미가 아닐까? 그래서 우리
는 그것을 발을 지켜주는 신(神)이라 하여 신발이라 불렀는지도
모른다.

이렇듯 신발은 당신을 훌륭하게 인도해주지만, 좋지 않는 길로
안내할 수도 있다는 것을 깨닫기 바란다.

김윤경 시인의 「신발의 행자」에는 이런 글귀가 있다.

'신발이 끌고 다닌 수많은 길과 그 길 위에 새겼을 신발의 자취들
은 내가 평생 읽어야 할 경전이다.'

이 세상에 와서 한평생을 누군가의 바닥으로 살아온 신발들.

그 거룩한 생애에 경배하는 나는 신발의 行者다.

내가 신고 있는 신발에게 다시금 고마움을 느끼며,

오늘도 나는 신발을 신고 세상으로 나간다.

가로등

해가 지면 하늘엔 별이 뜨기 시작하고 어두운 거리엔 하얀 불꽃이 하나둘 피어나 밤의 이야기가 시작된다.

어둠을 밝혀주는 가로등의 고마움을 느끼며 거리를 걷는 사람은 몇 명이나 있을까?

가로등은 단지 밤이 되면 으레 불이 켜지는, 당연한 현상이라고 생각하는 사람들….

캄캄한 어둠을 환하게 비치는 가로등은 해님 다음으로 고마운 존재가 아닌가 싶다.

달님은 행여 가로등이 졸고 있지는 않은지 한밤중 순회하며 순찰을 돌고, 새벽이면 하루의 노고를 격려하며 말없이 사라져 간다.

무더운 여름이면 빛을 찾아 모여드는 벌레들에게 시달리지만 말없이 그들을 포용해주었고, 비가 내리면 비를 맞고, 차가운 바람이 그대의 얼굴을 할퀴고 지나가도, 눈 내리는 밤에는 눈을 맞

　　　　길에서 만나는 얼굴 없는 스승들

아가며 언제나 그 자리에 말없이 서서 하염없이 빛을 만들어 내었다.

칠흑 같은 어둠 속에서는 희망의 메시지가 되고, 누군가에게는 길을 인도하는 인도자가, 또 누군가는 두려움을 없애주는 구세주로, 누군가에게는 삶의 전쟁터로, 연인들에게는 사랑의 밀회 장소로, 다른 누군가에겐 만남의 장소로, 이별의 장소로 이용되기도 했던 가로등.

가로등 불빛 아래 서로의 얼굴을 바라보며 입맞춤하는 모습조차 못 본 척해주었지. 또 가로등 불빛 아래서 만들어진 모든 기록은 역사 속에 감춰놓고 세월이 흐른 뒤에 추억을 찾고 싶은 사람들에게 하나씩 던져주곤 했지.

불평도 불만도 없이 늘 웃는 모습으로 환한 빛을 만들어 어둠의 세상을 지키려 오늘도 그 자리에 서서 차별도 편견도 없이 오고가는 모든 이에게 희망과 용기를 나누어 주곤 했지.

그런 가로등도 시대의 변화에 따라 LED 전등과 빔프로젝터를 이용한 그림자 가로등으로 바뀌고 회사나 직장, 일터에서 고되고 힘든 일을 마치고 퇴근하는 직장인들의 지친 마음을 달래주고 격려해주었다.

힘들었던 오늘 하루, 일상에 지친 시민들을 포근히 감싸주는 따뜻한 격려의 한마디가 그들의 노고를 달래주는가 하면, 밤늦게까지 공부에 시달린 학생들에게도 용기와 희망을 담은 "당신의 열정을 응원합니다."라는 메시지를 전해주곤 했지.

많은 사람이 오고가는 신호등 아래 이런 메시지가 발밑에 나타날 때 얼마나 가슴 뭉클한 감동과 사랑의 힘이 솟아나는지 경험하지 않는 사람은 모를 것이다.

거리를 오가는 시민들을 응원하고 격려하는 "힘들었던 오늘 하루 내 비타민은 너야! 우리 언제나 사랑하자!"라는 희망 메시지는 사랑의 힘과 용기를 심어주고 가족의 중요성을 다시 한번 돌아보게 하는 기회도 제공해 마음마저 순수해지는 느낌을 받는다고 한다.

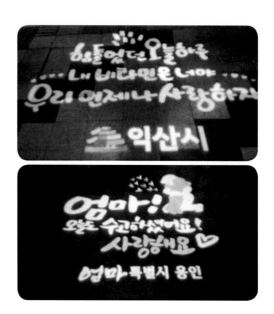

한 회사원은 횡단보도를 건너기 위해 잠시 걸음을 멈추어 섰을 때 이런 글귀가 지면에 나타난 것을 보고 평소 어머니에 대한 고마움을 잊고 살았는데 문득 어머니에 대한 고마움을 새삼 느꼈다며 집에 들어가면 "엄마를 꼭 껴안아 주고 싶다."는 생각을 했다고 한다.

이런 그림자 가로등을 통해서 희망 메시지를 보고 삶의 즐거움을 느끼고 어려움을 이겨낼 수 있는 용기를 배운다면, 사람들의 마음도 넉넉해지고 가슴도 따뜻해져 보다 밝은 사회, 아름다운 도시로 변화하지 않을까?

비가 내리는 날 가로등 등불을 보라.

빗방울이 불빛에 부딪쳐 흩어지는 모습을 바라볼 때면 떠나간 그리운 사람이 더욱 생각나게 된다. 가로등 불빛 아래 서면 그 사람이 뛰어올 것만 같은 생각에 왠지 마음이 설레어 기다려지기도 한다.

가로등 불빛은 아름다움을 만드는 능력자이기도 하다.

남자나 여자나 밤에 가로등 밑에서 바라보면 얼굴도 예뻐 보이고 자태도 아름답고 우아해 보이는데, 이것은 아마도 빛의 조화가 아닌가 싶다. 아니, 빛이 그들의 용모나 얼굴 몸매를 아름답다고 느끼게 하는 것은, 용기를 갖고 당당하게 살아갈 희망을 갖게끔 마술을 부리는 것은 아닌지 모르겠다. 그래서 가로등 불빛은 본 모습과는 달리 아름답고 예쁘게만 보이게 하는 놀라운 힘을 가졌는지도 모른다.

내가 청년이었을 때, 맞선은 가로등 등불 아래서 보면 절대 안 된다는 이야기를 들은 적이 있는데 그 이유를 이제야 알 것 같다.

아무튼 가로등은 우리의 삶에 밝고 따뜻한 희망을 비춰주고 어둠을 밝혀주어 두려움과 무서움을 쫓아주는 등불이자 파수꾼이다.

군밤 장수, 엿장수, 군고구마 장수 등 수많은 소상인의 삶의 터전이었고, 아이들의 놀이터였으며, 마지막엔 술 취한 어른들의 스트레스 해소 공간이 바로 가로등이었다.

밤의 대지 위에서 이루어진 수많은 사연을 지켜보고 간직한 역사의 증인이기도 한 너 가로등. 세월의 변화에 따라 다양하고 아름다운 빛과 형태로 변신에 변신을 거듭해왔지.

이제 가로등은 빛의 성질과 조명의 기술 발달로 에메랄드, 루비, 사파이어와 같은 형형색색의 빛으로 조화를 부리며 멋과 아름다움을 창조하고 볼거리를 제공해주기도 한다.

어두울수록 빛을 내고 두려울 때일수록 힘이 되어준 너 가로등은 지구의 시계가 새벽을 알릴 때쯤이면 하루의 고단함을 뒤로한 채 이슬처럼 눈을 감는구나. 누가 보든 안 보든 괘념치 않고 자기에게 주어진 소명과 빛의 가치를 묵묵히 지켜 자신의 역할을 다하는 모습은 진정 아름답다고 표현하지 않을 수가 없구나.

가로등은 이제 어둠을 밝히는 등불에서 우리의 가슴을 적셔주는 응원의 메시지로, 그리고 도시를 새롭게 디자인하여 보다 아름답고 활기찬 거리를 만드는 방향으로 진화하고 있는 것 같다.

"양초는 자신을 태워 세상을 밝히는 빛이다."

이 말처럼 우리도 묵묵히 제 할 일을 하면서 오늘 하루만이라도 가로등이 되어 내 주변을 빛나게 하면 어떨까?

질문(質問)

　우리는 일생동안 수없이 많은 질문을 하거나 받았으며, 질문에 대답을 듣거나 말하며 살아왔다.

　질문은 사람이 살아가면서 모르는 것을 깨우쳐가기 위해서, 의심을 풀기 위해서, 단순히 궁금한 것에 대한 해답을 얻기 위해 하는 행위라고 한다.

　말을 잘하는 사람은 많이 보지만 질문을 잘하는 사람을 만난 적은 별로 없다.

　질문은 생각을 자극하여 마음을 열게 하는 힘을 주며, 대답은 사고의 능력을 키워주고 자신감을 길러준다고 한다.

　아이는 호기심이 많기 때문에 항상 엄마에게 궁금한 것을 물어보면서 성장해간다. 왜냐하면 유아기 때는 질문의 첫 상내가 엄마이며, 엄마와 접촉하는 시간이 많고 궁금한 것을 물어봐도 차근차근 대답해주거나 질문을 다 받아주기 때문이다. 결국 아이는 질문에 대한 두려움을 없애고 당연히 주고받는 일상의 대화처럼 여기게 된다.

이럴 때 부모는 아이의 질문에 훌륭한 답을 주는 것보다도 아이가 질문을 하고 스스로 답을 찾는 즐거움을 깨닫게 해주는 것이 어떤 습관 형성에 큰 도움이 되지 않을까 생각한다.

그러나 학교에 입학하고 나서는 질문의 주체가 나에서 선생님으로 옮겨가기 때문에 처음에는 당황하고 두려움도 생겨 혼돈의 시기를 거치게 된다. 그래도 어머니에게 어릴 적부터 질문하고 자신의 생각을 존중받으며 자라 왔기 때문에 자신의 의견을 표현하는 것에 두려움이나 멈칫하는 아이는 별로 없을 것으로 본다.

학교는 학문, 즉 지식과 소양, 지혜 등을 배우는 곳이므로 내용을 모르거나 선행학습을 하지 않으면 대답하기가 참 어려운 면이 있다. 중·고등학교로 올라가면서 수업의 난이도가 높아지고, 뒤따라가지 못하거나 뒤처지는 학생들, 수업에 충실히 임했지만 이해가 잘 안 되는 아이들, 수업에 잘 참여하며 잘 따라온 학생들마저도 돌발적인 질문에 말문이 막힌다거나 대답하기를 꺼리게 된다. 결국 수업을 듣다가 내가 모르는 것이 있으면 수시로 질문하는 습관이 몸에 배어있지 않으면 쉽사리 질문하기가 두려워진다.

질문을 자주 해서 모르는 내용을 쉽게 이해하거나 학습 내용을 빨리 파악하는 것이 중요한데, 질문을 하지 않거나 아예 질문을 포기하는 학생들이 많아진다는 것이다.

이유는 다음과 같다.

첫째, 내가 궁금하거나 모르는 것을 질문했을 때 학습 내용과 다르거나 엉뚱한 질문을 하면 아이들에게 웃음거리가 되거나 조롱당할 수 있다는 두려움이 앞서 질문을 꺼리고 위축되기 때문이다.

둘째, 용기를 내서 질문을 한다 해도 질문내용이 학습 내용과 다르거나 본질을 벗어났을 경우, 혹은 질문 같은 질문이 아닐 때 선생이 다른 학생들 앞에서 면박을 주는 행위가 자주 벌어지기 때문이다. 그것이 반복되면 학생은 점차 의욕이 없어지고 주눅이 들어 질문을 하는 습관이 형성되지 않게 되는 것이다.

셋째, 질문을 한다 해도 이치에 맞지 않으면 "그것도 질문이라고 하니?"라는 말을 들으며 무시당하는 경우가 가끔씩 일어나기 때문이다. 결국 질문에 흥미를 잃고, 질문을 하고 싶다는 의욕이 떨어지며 실망이 커져 질문을 하는 습관을 형성할 때 장애물이 된다.

반대로 선생님이 학생에게 오늘 배울 것 중 특정 내용이나 학습에 관계된 내용을 학생들은 어떻게 인식하고 있으며 그에 대해 어떤 생각을 가지고 있는가를 파악하기 위해 질문을 던졌을 때 손을 들어 대답하는 학생도 낳지 않다. 임의로 시정해서 내답을 들어보려고 해도 말을 하지 않는다.

만약 답변을 했는데 틀리게 되면 위의 예와 같이 취급받거나 조롱거리가 될 게 뻔하니까.

또한 수업이 진행된 후 학습 내용을 얼마나 이해했는지 알기 위해 확인 차 질문을 하는 경우가 있는데, 이때 지명된 학생도 대답을 못하는 경우가 있다. 잘 이해하고 있는데도 표현력이 부족해 망신을 당하거나 틀리면 면박을 받거나 창피를 당할 것이라는 막연한 두려움과 공포심이 먼저 마음속에 자리 잡기 때문일 것이다.

이런 학생들의 자신감을 세워주고 적극적으로 궁금한 것을 질문하고 대답하게 만들기 위해서는 질문 방법을 바꿔야 할 것 같다.

교사는 정답을 제시하는 것도 필요하지만, 학생들이 정답을 찾아가도록 이끌어가는 역할을 담당해야 한다고 본다. 나는 학생들이 질문에 대해 두려움이나 저항감을 갖지 않도록 하기 위해 이런 이야기를 해본 적도 있다.

가령 오늘 공부할 학습 내용에 대해 질문을 던질 때 "네가 생각하고 있던 것, 즉 너의 생각이나 의견을 듣고 싶은 것이지 정답을 요구하는 것이 아니야."라고 사전에 말을 꺼낸다. 그러면 긴장하고 웅크렸던 마음이 조금은 풀어져 자연스럽게 이야기하는 학생들이 늘어가는 것을 볼 수 있었다.

남 앞에 서서 이야기하는 것이 두렵고 떨리는 것은 당연하지만, 자꾸 반복하다 보면 점차 익숙해져 자연스러워지기 때문이다.

그리고 학생의 대답을 듣고 면박을 주거나 수치심을 느끼게 하는 말은 삼가고, 보다 발전적이며 긍정적인 사고를 일깨우는 말로 답해주어야 할 것이다.

어떤 질문에 내용이 엉뚱하고 기상천외한 답변을 쏟아내도 절대 비난하거나 비아냥하지 말아야 하며, 그 말을 한 학생의 대답에 걸맞은 유머와 재치를 발휘하여 무안해하지 않도록 커버해주는 것도 학생의 자존감을 세워주는데 필요한 일이다.

또한 대답을 한 것만으로도 용기 있는 행동이라고 격려해주는 것도 필요하다고 생각한다. 왜냐하면 학창 시절에는 마음의 문을 열어놓고 생각을 넓혀가는 시기이기 때문이다.

그래서 시작은 부드럽고 유연하게, 같은 말이라도 여유롭고 즐겁게 질문하는 것이 대답을 이끌어내는데 효과적이라는 생각이 든다.

외국어를 공부하다가 재미있는 문구를 보았는데, 두 문장의 내용이 상대방에게 주는 느낌과 감정이 다르다는 것을 생각하게 되었다.

예를 들면 지하철역에서 흘러나오는 아나운서 멘트에 "출입문이 닫힙니다."라고 말할 때와 "출입문을 닫습니다."라고 말할 때 어떤 느낌을 받는가? 또 어떤 감정이 들었고 어떤 생각을 하게 되는가?

첫째, 전자는 강압적이고 딱딱한 느낌을 받는네 비해 후자는 자율적이며 부드러운 느낌을 주는 것 같다.

둘째, 전자는 시간적 여유가 없이 바로 출발한다는 경고성 멘트인데 반해 후자는 승차가 완료되었으니 문을 닫겠다는 시간적 여유가 담겨있다는 느낌을 받게 한다.

셋째, 전자는 정서적으로 불안정한 느낌을 주는데 반해 후자는 안정적인 느낌을 받는다는 점이 다른 것 같다.

그래서인지 전자의 안내방송을 하며 운행했을 때는 시간에 쫓기는 승객들이 승차하기 위해 열차에 뛰어드는 행위를 하고 사고가 종종 발생했는데, 후자로 멘트를 바꾸고 난 뒤에는 뛰어오면서 승차하는 승객이 줄고 사고 횟수도 감소했다는 이야기를 읽은 적이 있었다.

이렇듯 말 한마디가 감정과 정서에 많은 영향을 미치는 것으로 보아, 질문하는 방향과 방법을 달리하면 학생들이 질문에 대한 불안과 두려움에서 벗어나 질문이나 대답을 할 때 좀 더 자연스러운 습관이 형성되지 않을까 생각해 본다.

유대인들의 '교육은 듣는 능력이 아니라 질문하는 능력을 키우는 것'이라고 하는 말이 마음에 와닿는다.

Ⅱ

자연의 소리

식물은 스스로 양분을 만드는 생산자로서 뜨거운 햇볕을 필요로 하지만, 때로는 흐린 날도, 비가 오는 날도 필요하고 바람 부는 날도 거쳐야 튼튼하고 예쁜 꽃을 피워 수정을 하고 열매를 맺지 않는가? 이런 과정 없이 자란다면 튼실한 열매는 얻지 못하고 도중에 떨어져 도태되고 말 것이다.

척박한 환경 속에서도 포기하지 않고 살아가는 끈질긴 생명의 신비는 우리 주변 어디서나 접하고 만날 수 있다.

주어진 환경과 조건 속에서 최선을 다하여 살아가는 당신이 가장 행복한 사람일지도 모른다.

왜? 가다 보면 언젠가 '쨍'하고 해 뜰 날이 올지도 모른다는 희망이 있으니까! 자신을 소중히 여기는 사람일수록 가치 있는 인생을 살 수 있다고 한다. 왜냐하면 자신이 이 세상에서 가장 가치 있는 사람이니까! 내가 없으면 이 세상 전부 의미가 사라지니까! 따라서 내가 이 세상의 모든 가치를 부여하는 힘과 능력을 가지고 있으니까! 작은 씨 하나의 힘보다 약한 인간이 되어서야 되겠는가? 당신은 이 작은 씨 하나 보다 몇 만 배 큰 능력이 있다니까?

힘내세요!

씨(종자)의 힘 I

씨(seed), 씨앗, 종자(種子)는 식물의 밑씨가 발달한 것으로 겉씨식물과 속씨식물에 있으며 지구상에 있는 대부분의 식물은 씨를 통해 다음 세대로 이어지고 생존하는 능력을 가지고 있으며, 이를 바탕으로 자손을 퍼뜨린다고 한다.

자신을 닮은 개체를 만드는 위대한 능력은 식물 나름의 유전 정보가 작은 씨앗 속에 들어 있기 때문일 것이다.

이 작은 씨가 땅속에 묻혀 적당한 수분과 온도, 햇빛이라는 조건을 만나면 발아가 이루어진다고 한다.

비록 자연의 힘에 의해 움직이지만 그 작은 씨 속의 정보들은 대체 어떻게 발현되어 닮은 개체를 만들어낼까?

호박씨를 심으면 호박이 되고, 깨씨를 심으면 깨가 열리고, 무씨가 발아하면 땅속에 무가 커가는 현상을 볼 때 참으로 위대한 자가 번식의 방법이라 느껴진다.

식물의 종류에 따라 씨보다 몇 배나 커다란 열매나 결과물을 만드는 것도 또한 놀라운 일이거니와 다음 대를 이어가는 번식 방법도 다양하니 참으로 신기한 노릇이다.

이 지구상에서 가장 힘이 센 것은 무엇일까?

코끼리 아니면 호랑이, 또는 나무의 뿌리나 금강석 등등을 말하겠지만 그보다 더 큰 능력과 힘을 발휘하는 것이 있다.

그것은 바로 식물의 종자인 씨앗이다.

예를 들어 작은 무씨 하나는 별것 아니지만, 1밀리미터보다 작은 개체가 땅속에서 싹을 틔워 짧은 기간 동안 성장하면서 엄청난 크기의 무를 키워낸다.

땅속을 헤집고 파고 들어가는 놀라운 힘이 있기에 딱딱한 흙을 밀어내며 흙 속에서 몸집을 키워 나가는 것을 알 수 있다.

또한 새싹은 흙의 무게가 아무리 무겁더라도 흙을 밀어 올리고, 그 위에 돌덩어리가 있다 해도 옆으로 굽어 돌아 나온다. 이런 새싹의 힘은 놀라울 정도로, 신비함과 위대함이 존재하는 것이 확실하다.

이것이 바로 보이지 않는 강한 생명력이 아닐까?

생명력이 있는 한 알의 강한 씨앗은 조건을 가리지 않고 어디에 떨어진다 한들 결코 비관하거나 탄식하지 않고 주어진 환경에 적응하고 순응하며 자라날 수 있다는 사실을 감사하게 생각하겠지.

씨는 작지만 힘이 세고 약해보이지만 강하다.

윌리엄 제닝스 브라이언이 남긴 글 중에 '수박씨의 숨은 힘은 자기보다 20만 배나 더 무거운 것을 뚫고 나올 수 있으며, 누구도 모방할 수 없는 자신만의 것을 완벽하게 창조해낸다.'는 글귀가 있다.

당신에게 숨어 있는 힘은 수박씨보다 더 강할 것이 틀림없다. 중요한 것은 그 작은 수박씨 하나에 들어 있는 힘처럼, 당신 역시 보이지는 않지만 무한한 힘을 가지고 있다는 사실을 알아야 한다는 것이다.

며칠 전 충주 농협에서 조합원교육이 있어 간 적이 있다. 그곳에서 한 농부가 작은 사과 씨에서 자란 사과 묘목을 심어 50년이 넘도록 길러왔는데 나무의 크기도 크지만 매년 열매를 맺고 수확량이 늘어 그 열매를 판 돈으로 대학 학자금까지 마련했다는 이야기를 들었다.

물론 한 그루에서 많은 열매가 맺혀 떼돈을 번 것은 아니겠지만, 매년 늘어나는 수확량에 따라 증가하는 수입의 기쁨과 보람을 느끼면서 작은 씨 하나에게 감사하고 자연의 위대함에 찬사를 보냈겠지.

인간은 씨앗보다 더 강한 능력과 지혜를 가지고 있다. 그런데 종종 나약한 모습이나 행동을 하는 사람들이 있다.

작은 씨앗 하나가 싹을 틔워 자라면서 부딪치는 자연조건을 비롯한 온갖 시련과 병충해로부터의 위험을 견디며 일정 기간 지나면 커다란 결과물을 만들어 내듯, 사람도 자신이 처한 환경과 처지를 이유로 삼지 말고 꾸준히, 그리고 묵묵히 가다보면 언젠가 좋은 결과를 얻게 될지 누가 알까?

인간의 고뇌와 고통이 때로는 삶의 원동력이 되고 희망이 될 때가 많다. 그래서 인생의 길은 고단하고 어려운 행로지만, 그 속에 기쁨과 즐거움도 함께 있다. 결국 어려운 여건을 이겨내고 힘든 시기를 극복하며 버티다 보면 좋은 결과가 있게 마련이다.

자연의 순환을 생각해 보자.

식물은 스스로 양분을 만드는 생산자로서 뜨거운 햇볕을 필요로 하지만, 때로는 흐린 날도, 비가 오는 날도 필요하고 바람 부는 날도 거쳐야 튼튼하고 예쁜 꽃을 피워 수정을 하고 열매를 맺지 않는가? 이런 과정 없이 자란다면 튼실한 열매는 얻지 못하고 도중에 떨어져 도태되고 말 것이다.

척박한 환경 속에서도 포기하지 않고 살아가는 끈질긴 생명의 신비는 우리 주변 어디서나 접하고 만날 수 있다.

주어진 환경과 조건 속에서 최선을 다하여 살아가는 당신이 가장 행복한 사람일지도 모른다.

왜? 가다 보면 언젠가 '쨍'하고 해 뜰 날이 올지도 모른다는 희망이 있으니까!

자신을 소중히 여기는 사람일수록 가치 있는 인생을 살 수 있다고 한다.

왜냐하면 자신이 이 세상에서 가장 가치 있는 사람이니까!

내가 없으면 이 세상 전부 의미가 사라지니까! 따라서 내가 이 세상의 모든 가치를 부여하는 힘과 능력을 가지고 있으니까!

작은 씨 하나의 힘보다 약한 인간이 되어서야 되겠는가?

당신은 이 작은 씨 하나 보다 몇 만 배 큰 능력이 있다니까?

힘내세요!

언제 어디서 늘 당당한 모습으로 있는 당신을 응원합니다.

씨(種子)의 힘 Ⅱ

씨(種子) 한 알이 세상을 바꾼다.

지금 세계는 소리 없는 전쟁 중이라고 한다. 왜냐하면 기상이 변과 인구증가와 이름 모를 병해충이 출현해 이로 인한 식량 불안이 생겼기 때문이다.

우리는 먹고사는 문제를 해결하는 1차 산업이 중요했던 시대를 지나 4차 산업을 주도해야 살아남는 세상이라고 말한다.

제4차 산업이란 정보, 의료, 교육, 서비스, 레저 산업 등 지식 집약적 산업을 총칭하여 일컫는 말이라고 한다.

그러나 이제는 1차 산업육성의 근원이 되는 종자가 중요해졌다. 산업이 발달하면 할수록 그 중요성은 더 강조되기 시작했고, 그 결과 새로운 품종을 만들어 최고의 수익을 올리는 동시에 사용료를 받기 위한 소리 없는 전쟁이 국가 간에 벌어지고 있는 것이다.

'오늘 아침 우리 집 밥상 위에 올라온 농산물이나 과일 중 우리의 종자로 키운 것이 몇 %나 될까?' 하는 의문을 가져본 사람은 그리 많지 않을 것이다.

우리 식탁에 올라오는 채소나 과일의 60% 정도는 외국 종자로 키운 농산물이라고 하니 놀라지 않을 수 없다.

아무런 생각 없이 농촌의 착한 농민이 키운 채소며 과일이라고만 생각했지, 이것이 많은 로열티를 주고 구입하여 재배한 농산물이라고는 생각해보지 않았을 것이다. 1차 산업의 중요성을 먼저 깨달은 선진국들은 종자의 품종개량을 통해 막대한 경제적 이익을 창출하고 특허를 출원하여 로열티까지 챙겨가고 있다는 사실을 알아야 할 것 같다.

종자는 1차 산업이지만, 우수한 품종을 개발하고 보급하여 막대한 수익을 올리는 기술은 제4차 산업을 뛰어넘는 부가가치를 창출할 뿐 아니라 자국민의 생명과 안전을 지키기 위한 위대한 도전이었던 것이다.

예를 들어 병충해에도 강하고, 재배도 쉽고, 기상변화에도 잘 견디고, 품질 좋은 종자를 만드는 것도 중요하지만, 그 종자가 만든 열매 속의 씨는 싹을 틔우지 못하게 하는 기술까지 만들어 각국에서 종자를 수입하시 않으면 안 되도록 해 독점권, 특허권, 사용권 모두 지배하는 환경을 만들어 비싼 로열티를 챙겨가는 것은 물론 재배기술까지 팔아 수익을 올리고 있다.

종묘 회사가 자기들의 수익을 올리기 위해 염기서열을 교란시

커 변형해 만든 것이 돌연변이 육종 씨앗인데, 당대는 품질이 좋고 우수하지만 우리 몸속에 질병을 발생시킬 수 있다는 것이다. 따라서 후세대를 차단한 종자처리법으로 만든 종자로 재배한 채소나 과일을 먹으면 이상 세포인 암과 각종 성인병을 유발할 수 있다는 사실도 유추해 볼 수 있다.

국내 종자 산업과 로열티 지급 현황 보고서에 따르면 우리나라의 대표적인 종자(種子) 회사들이 외환위기 이후 대거 다국적 기업에 팔려나가 고추, 무, 배추 같은 채소나 장미, 국화, 카네이션, 포인세티아 같은 꽃이 판매될 때마다 엄청난 로열티를 지불하고 있으며, 그 결과 우리나라 채소와 꽃 업계가 1년에 지불하는 로열티가 1,000억 원이 넘는다고 한다.

한 예로 우리나라 제주도의 구상나무는 1915년 미국의 한 수목원 직원이 미국으로 가져가 종자 품질 개량을 통해 세계적인 크리스마스트리를 만들었고, 이것을 상품화시켜 외화벌이의 중요 재원으로 활용하고 있다.

토종 종자로 한국인의 매운맛을 대표하는 청양 고추는 중앙종묘가 개발 보급했는데, 외환위기를 맞아 '중앙종묘'가 미국 '몬산토'라는 종묘회사로 넘어가 우리 농민들은 청양고추를 심으려면 몬산토에 로열티를 지불해야 하며, 만약 몬산토에서 씨앗을 팔지 않으면 우리나라에서 청양고추를 재배할 수 없는 상황이 벌어지게 된다고 한다.

우리나라도 하루빨리 종자 보존과 개발에 힘을 쏟아 이들과 경쟁할 수 있는 위치에 서야 하며, 우리의 자존심과 로열티를 지키는데 노력을 기울여야 할 것이다. 신품종은 품종보호권을 가져 지적재산권으로 인정되므로 이를 재배하기 위해서는 비싼 로열티를 지불해야 하기 때문이다.

우리나라에서도 종자개량으로 대박 난 '통일 벼'를 아는가?

1965년 국제 미작 연구소에 기적의 볍씨로 알려진 '자포니카형 일반 벼'와 '인디카형 남방계통 벼'를 교접하여 병충해에 대한 저항력이 높고 일반 벼보다 수확량이 40% 이상을 늘어난 '통일 벼' 품종을 개발해 우리나라에 '녹색혁명' 신화를 이끌어냈다. 이 사실도 자랑스러운 일 중 하나였다는 것을 기억해야 한다.

종자 한 봉지의 가격이 같은 무게의 금값보다 비싸다는 것을 상기하면서 비록 씨앗 하나지만, 작고 힘이 없는 것 같지만, 보잘 것 없고 가볍게 여기는 그 한 알의 씨앗이 반도체에 버금가는 고부가가치를 창출하는 위대하고 거룩한 힘을 가지고 있다는 사실을 꼭 기억해야 할 것이다. '씨앗은 작지만 한 알의 씨앗은 작은 우주'라는 어느 육종학자의 외침이 무엇을 의미하는지를 다시 한 번 되새겨야 한다.

우리가 매일 식탁에서 맞이하는 파는 자급률이 겨우 5% 내외라고 한다.

우리가 맛있게 먹은 사과를 들여다보면 우리나라 품종은 감홍이나 홍로뿐이고, 온통 일본 종자인 후지, 히로사끼, 하쯔쓰가루, 아오리 등이 우리 땅을 잠식하고 있다. 외래종 식품이 우리 땅에서 재배되고 그것이 우리 식탁을 점령하여 우리의 입맛을 변화시켜가고 있는 것은 조금 서글픈 현실이 아닌가 생각한다.

늦게 인식하고 출발했지만 이제부터라도 정부나 민간 기업에서 종자의 힘을 깨닫고 종자에 관심을 가져 우리의 식량 주권을 지키고 가꾸는데 적극적인 계획을 세워 추진해야 한다.

무엇보다 토종 종자(씨)를 보전하고 지키는 일이 먼저 이루어지고 이어 우리 터전에서 우리 기후와 풍토에 맞는 새 기술 개발 및 보전 육성이 이루어져야 한다고 생각한다.

종자 산업 육성정책으로 종자 산업을 적극 육성하는 프로젝트인 Golden Seed Project가 가동된 것은 다행이라 생각하며, 육종학이란 새로운 열차에 젊은 인재들이 많이 도전하여 세계 종자 종주국으로 우뚝 서는 날이 오기를 기대해 본다.

황금 개띠 해에 내리는 첫눈

오늘 아침도 여느 때처럼 남산에 올라가려고 준비를 한다.

새해 들어 첫눈이 내린다.

남산에 가려고 대문을 나서는데 함께 가는 벗들에게 연락이 온다. 눈 덮인 내리막길은 우리 또래에게는 위험하니 하루 쉬며 재충전을 하자고 한다.

산은 늘 우리에게 신선한 공기, 상큼한 나무 향기, 새들이 펼치는 노래 향연을 제공하며, 우리의 가슴은 시원하게, 눈은 맑게, 귀는 즐겁게 해주어 마음에 평온함을 안겨준다.

하루를 쉬면 자연도 하루 휴식을 보낼 수 있으니 자연 속 모든 생명체도 마음 놓고 즐기며 놀도록 기회를 가진다. 그러면 사람의 발자취가 멈춘 하얀 산속을 마음대로 휘젓고 다니며 춤을 추겠지.

내리는 눈송이는 겨울 준비를 못한 게으른 나뭇잎과 가지에 살포시 걸터앉아 멋지고 아름다운 눈꽃을 만들어내고 소나무 가지

마다 몽글몽글 쌓인 눈꽃은 또 다른 세상을 펼쳐 들어낸다.

동네 강아지들도 눈이 내리는 들판과 골목길을 신나게 뛰어다닌다. 첫눈이라 그런가, 아니면 모처럼 맞는 황금 개띠 해를 맞아 축하라도 하려는 건가. 다 모여서 뛰어다닌다.

오늘 내리는 눈을 통해 올해는 세상의 모든 개에게도 좋은 세상이 되었으면 좋겠다.

눈이 오면 좋은 점도 있고 나쁜 점도 있겠지.

나이에 따라, 생각에 따라, 직업에 따라, 그리고 사람에 따라서. 어린아이는 눈사람을 만들며 추억을 만들어서 좋을 것이고, 학생들은 운동장에서 눈싸움도 하고 공도 차면서 즐겁게 뛰어놀 수 있어 좋고, 어른들은 길이 미끄러워 넘어질까 노심초사하고, 아빠들은 아이들과 신나게 놀아주며 추억을 만들 기회가 생겨 좋고, 할아버지 할머니에게는 눈이 올 때쯤에는 손자 손녀를 만날 기대감에 마음이 들떠 기쁘고.

하얀 설국 장면을 보면 생각이 풍요로워지고 마음이 차분해진다.

어떤 사람은 카메라에 멋진 순간을 잡고, 누군가는 연인과 함께 눈사람도 만들면서 사랑을 키워가고, 겨울 장사를 하는 사람에게는 황금과도 같은 기회가 되고, 또 다른 누군가는 어려운 이웃과 따뜻한 정을 나누며 인연을 만들기도 한다.

하염없이 퍼붓는 눈 때문에 걱정과 근심으로 보내는 사람들.

길을 나서기가 두려운 사람.

도로를 달리는 차들에게는 도로 혼잡의 원인이고, 제설작업을 하는 미화원이나 공무원, 도로관리인에게는 힘들고 지친 하루를 안겨준다. 농부에게는 냉해나 비닐하우스가 무너져 내려 피해를 보지 않을까 하는 걱정과 근심을 주고 교통 및 통신에 많은 애로 사항을 주며 불편을 끼치기도 한다.

눈이 내리지 않는 나라의 사람들이 눈 내리는 세상을 바라볼 때 어떤 기분과 느낌을 가질까? 온 세상이 하얀 눈송이가 소리 없이 내려 만든 또 다른 세상! 이런 세계에서는 어떤 일이 생기며 무엇이 펼쳐질까?

하얀 눈이 쌓인 눈 위를 걸어갈 때 나는 소리 '뽀드득뽀드득'. 발밑에서 연주되는 이 소리는 나에게만 들려주는 삶의 용기요, 햇빛에 반사되어 반짝이는 빛은 나에게 주는 희망이다.

나뭇가지, 바위, 풀 가지 위에 핀 눈꽃은 미소로 모두를 반겨준다.

아무도 밟지 않은 하얀 눈 위에 만들어진 발자국은 뒤에 오는 누군가의 나침반이 되어 길을 안내해 주기도 한다. 비료 푸대를 이용해 썰매도 타고, 혼자서 눈사람도 만들고, 눈싸움도 할 수 있고, 스키나 스노보드로 겨울 스포츠의 짜릿한 스릴도 즐길 수도 있다.

눈은 추하고 더러운 세상의 모든 것을 일순간 덮어버려 깨끗한 세상으로 변화시키는 능력자라는 것도 모르고 세상을 살지 않을까?

눈의 축복 속에 온 세상은 거짓 없이 맑고 순수해진다.

그럴 때마다 내 마음속에 자리 잡은 욕심과 증오, 갈등과 미움도 모두 함께 가려져 모처럼 순수해지고 깨끗해지는 느낌이 든다.

이런 장단점이 있는데도 우리에게 많은 경험과 느낌을 맛보게 해준 것은 신이 내린 특혜이고, 그래서 우리는 참 행복하다.

눈 내리는 날은 가슴 깊은 곳에 숨겨둔 여러 날의 추억이 새록새록 떠오르게 하는 신비함도 있다.

2년 전 눈이 내려 상당히 미끄러운 어느 겨울날 남산을 등산하는 중이었다. 우리 일행은 언덕길을 올라가고 있었고, 한 아줌마는 반대로 언덕을 내려오던 중 미끄러져 10m 정도 엉덩이를 눈 위에 올린 채 미끄러져 내려왔다.

내려오는 가속도에 의해 속력이 빨라지면서 위험한 상황. 그때 맨 앞에서 올라가던 내가 그녀를 막아야 한다는 생각에 두 다리를 벌리는 순간, 그녀의 육중한 몸이 내 다리 사이에 걸렸지만 가속에 의해 내가 밀려 나가면서 내 몸이 그녀의 위를 덮은 채 1m를 더 내려갔다. 그 순간의 충격으로 한참을 넘어진 채 있었다.

정신을 차려보니 그 여자도 다친 데가 없고 나도 별문제가 없어 참 다행이었다.

그녀는 나 때문에, 나는 그녀로 인해 서로 다치지 않고 무사했다. 눈 위에서 그랬던 것이 더 다행이었던 같다.

서로가 서로에게 도움이 되고 보탬이 되고 위로가 된 것은 인(因)이 맞는데, 결국에는 실이 이어지지 않아서 연(緣)은 아니었다. 결국 눈 위에서 일어난 순간의 설인사(雪因事)가 아닌가 생각된다.

그 이후 친구들이 늘 복도 많다고 놀려대곤 한다. 여자 복도 많다고…

누구는 눈밭에 굴러도 여자가 생긴다나? 한동안 놀림 아닌 놀림을 받았다.

덕분에 눈은 인간의 통제를 벗어난 경이로운 자연현상이라고 말한 어느 심리학자의 말이 떠올랐다.

< 세상에 단 하나밖에 없는 자연이 만든 풍경 >

(서리가 벤치의 넓은 면적에 내려 순간적으로 만들어낸 상고대 현상)

아! 오늘 우리에게 내일을 위한 재충전의 시간과 산속의 모든 식구에게도 휴식의 달콤한 맛을 느끼는 기회가 생긴 것은 하늘이 내린 선물이 아닌가 생각해 본다.

쉼 없이 내리는 눈을 바라보며 새해에도 산이 좋아 산에 오르는 내 소중한 친구들이 작년 못지않은 체력을 유지하며 건강하게 등산할 수 있게 해달라는 작은 소망을 날리는 눈송이에 실어 보내 본다.

소리 없이 내려 쌓이는 눈처럼 내 벗들, 그리고 산을 찾는 모든 이의 마음속에도 작은 행복들이 소복소복 쌓였으면 더 좋겠다.

눈이 더 세차게 내린다.

강아지가 뛰어다니는 것을 보다가 얼마나 행복한가를 느껴보려고 밖으로 나가 눈을 맞고 섰다.

도화지 같은 하얀 대지 위에 '살아있는 날이 바로 축복이다!'라고 써봤다.

그리고 새하얀 눈 위에 서서 어떤 결심을 해본다.

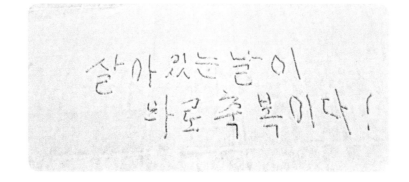

달팽이의 생각

배춧잎이나 상춧잎, 각종 채소 작물, 그리고 풀잎에서 주로 볼 수 있는 달팽이는 아주 느리게 이동하는 동물이다.

우리가 사는 세상은 빠르게 변화하고 사람의 행동도 그에 따라 빠르게 변화하며 움직여간다. 그래서 '빨리빨리'란 말이 생겨났다고 본다.

빨리빨리 문화가 만든 것은 좋은 것도 있지만, 실수나 실패를 초래하는 일도 있다. 더 높은 직위로 승진하고, 더 많이 생산하고, 더 많이 벌어야 하고, 더 빨리 움직여야만 살아남는 사회에서 살아왔기 때문인지, 우리나라 사람들은 '느림'이라는 단어와는 거리가 먼 것 같다.

이 모는 것이 사회 변화와 함께 빨리 적응하고 맞춰가는 사람이 출세할 것이라고 믿는 막연한 믿음 때문인지도 모른다.

세상을 살아갈 때 눈에 보이는 물질적 풍요도 필요하지만, 눈에 보이지 않는 느림의 자유도 필요하다. 이것이 행복한 삶을 누리기 위해서 필요한 또 하나의 조건이 될 수 있다는 것이다.

풀잎 속을 뒤져보면 잎 위에 달팽이가 얌전히 기어가는 모습을 볼 수 있다.

정말 천천히 아주 느릿느릿 멈춘 듯 가고 가는 듯 멈춰버린 모습!

인간이 보기에는 무척 답답하고 속 터질 일이나, 달팽이에게는 너무나 자연스러운 행동이다.

달팽이는 왜 그 무거운 집을 머리 위에 지고 이동하는 걸까?

달팽이는 등에 집을 업고 다니다가 쉴 때는 집으로 들어가서 잔다고 한다. 그러니 그들은 집을 두 채씩 가질 필요가 없겠지. 욕심을 부려보아야 별수 없으니까 자연에 순응하며 살아가는 방법을 깨달은 것인지도 모른다.

그런데 인간은 왜 집을 여러 채 소유하고 싶어 할까?

집은 즐겁고 재미있게 행복을 채워가고 편히 쉬고 재충전하는 삶의 보금자리이다. 때문에 쉼터의 역할을 하고 삶의 터전이 되어야 한다고 본다.

욕심의 끝은 화를 부른다는 사실을 알면서도 투기에 눈이 멀어 돈 버는데 혈안이 된 공간 속에서, 달팽이와 인간이 공존해간다.

눈은 보아도 족함이 없고 귀는 들어도 차지 않는다는 말처럼 욕심의 끝은 없는 것인가? 속담에 '말 타면 종 부리고 싶고, 서 있으면 앉고 싶고, 앉으면 눕고 싶고, 아흔아홉 석 가진 놈이 한 석 가진 놈 것을 빼앗아서 백석을 만든다.'는 말처럼 욕심은 끝이 없는가 보다.

사람의 욕심은 얼마나 클까?

냇물이 흘러 바닷물은 채워도 사람의 마음은 채울 수가 없다고 하니….

달팽이는 자기가 살집을 짊어지고 다니다가 쉬고 싶으면 들어가 쉬고 자고 싶으면 집으로 들어가 잠을 자니 집에 대한 욕심이 당연히 없을 것이다.

사람도 욕심을 가지되 어느 한계에 이르면 자족하는 억제력, 즉 욕심에 대한 브레이크가 작동해 더 이상 욕심부리지 않고 자족하는 마음으로 함께 살아가는 사회가 만들어지면 얼마나 좋을까?

달팽이의 생활사가 궁금해 인터넷 검색을 통해 백과사전을 찾아보았다.

달팽이는 이동을 원활하게 하기 위해 배 부분에 점액을 분비한다고 한다. 이 점액은 달팽이를 보호하기도 해서 달팽이는 면도날 위도 기어갈 수 있다고 한다.

머리에는 늘었다 줄었다 하는 뿔처럼 생긴 두 쌍의 촉각(더듬이)이 있고 짧은 촉각은 후각을 느끼며, 긴 더듬이 끝에는 작고 검은 눈이 있다. 그 눈은 시력이 매우 약해서 명암 정도만 판단할 수 있다고 한다.

옛날 사람들은 달팽이를 '와우(蝸牛)'라고 했는데, '와'는 달팽이, '우'는 소라는 뜻으로 행동이 소처럼 느릿하고 굼뜨다는 의미로 표현한 것 같다.

재미있는 사실은, 달팽이는 포유류에서 흔히 볼 수 있는 쓸개와 같은 소화 기관이 없어 음식물은 소화하고 흡수하지만 색소를 분해하거나 흡수하지 못해 먹이의 색소를 그대로 똥으로 내보낸다고 한다.

인간이 달팽이로부터 배워야 할 덕목은, 바로 천천히 느릿느릿 가도 목표지점에 갈 수 있다는 희망을 가진다는 것이다.

그래서 달팽이는 조금 천천히 나아가도, 자칫 실수해도 괜찮다.

달팽이들에겐 그것이 너무나 자연스러운 일이기 때문이다. 그들은 느린 덕분에 살면서 마주하는 많은 것을 하나하나 자세히

보고, 듣고, 기억할 수 있다.

조금만 시각을 바꾸고, 조금만 생각의 깊이를 더하면 일상은 더욱 재미있지 않을까?

우리가 가져야 하는 것은 나를 돌아보고 이웃을 생각하는 느릿한 여유가 아닐까?

달팽이를 보고 배워야 할 3가지.

첫째 느리게 기어가는 모습에서 끈기를 배우고,

둘째 남에게 참견하지 않고 남의 삶에 끼어들지 않는 점에서 스스로 인정하고 존중해주는 자세를 배우고,

셋째 집을 이고 다니는 모습을 보고 욕심 없다는 것을 배워가야 할 것 같다.

물론 달팽이 삶이 다 옳다고는 할 수 없을 것이다. 왜냐하면 삶에 대해 인간이 부여하는 의미가 다르고, 자기 자신에게 느끼는 감정과 정서가 다르기 때문이다. 다만 그 사실을 직시하고, 미물의 행동이지만 배워야 할 내용이 있다면 삶의 지표나 덕목으로 삼고 살아가는 것도 바른 삶의 참모습을 실행하는데 도움이 되지 않을까?

세상은 온통 우리가 살아가는 지표 투성이다. 지하철, 담벼락, 음식점 벽면, 모퉁이길, 심지어는 화장실 안의 벽까지 인간을 가르치고 인도하는 글귀가 오늘도 우리를 바라보고 웃고 있다.

서울 지하철 4호선 스크린도어에 붙어 있는 '이해인 수녀님'의

'어떤 결심'이라는 시를 소개하고자 한다. 지하철을 타고 가다 너무 좋은 글이라 나만 보기에 아까워 소개하는 것이다.

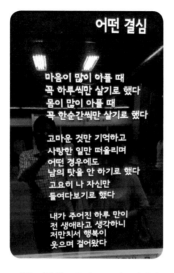

<서울 지하철 4호선 스크린도어에서>

또 내가 사는 아파트 엘리베이터 벽면에는 이런 글귀가 있다.

'창문을 열면 바람이 들어오지만 마음을 열면 행복이 들어온다.'

매일 매일 엘리베이터를 타고 오르고 내리는 사람들에게 어떤 의미를 전하고자 하는 메시지일까?

하얀 민들레와 노란 민들레

이 노래는 진미령 씨가 부른 '하얀 민들레'의 일부 가사인데 눈을 감고 잘 감상하면 민들레 홀씨 되어 바람에 멀리 떠나는 이치를 알게 될 것이다.

나 어릴 땐 철부지로 자랐지만 지금은 알아요.

떠나는 것을~

엄마 품이 아무리 따뜻하지만 때가 되면 떠나요

할 수 없어요.

안녕 안녕 안녕 손을 흔들며 두둥실 두둥실 떠나요

민들레 민들레처럼 돌아오지 않아요 민들레처럼~

사람도 태어나면 부모 품에서 자라다가 결혼하게 되면 새로운 가정을 구성하고 떠나 살아간다. 부모 품이 아무리 따뜻하고 포근하고 평화롭더라도 때가 되면 결혼이란 이름으로 떠나 살아간다.

그러다 세월이 흐르고 지나간 먼 훗날에는 자식 곁을 떠나간다.

민들레는 갓털로 변해 바람에 멀리멀리 떠나간 홀씨(한 개의 씨)를 걱정하지도, 슬퍼하지도 않으며 모진 비바람, 눈보라에도 흔들림 없이 굳세게 그 자리에 서 있다.

누구의 보살핌이 없어도 꿋꿋이 살아가는 끈질긴 풀 '민들레'.

그 질긴 생명력처럼 계절의 변화 맨 앞에서 하얀 꽃, 노란 꽃을 피워 희망찬 새 기운을 지나가는 길손의 마음에 채워주는 것 같은 느낌을 준다.

아름다운 색깔로 보면 노란 민들레가 하얀 민들레보다 예쁘게 보이지만, 사람들은 하얀 민들레를 선호하며 귀하게 여기는 것 같다.

보는 대상으로는 노란 민들레가 좋지만, 인간에게 영향을 주는 건 하얀 민들레가 더 효용가치가 있는 모양이다. 약성으로서 효능이 더 강하거나 우리나라 토종이어서 우리 몸에 더 좋다는 인식에서 기인한 것인지도 모른다.

민들레는 토종과 외래종이 있는데, 꽃을 보호하는 꽃받침(총포)이 위로 향해 있으면 토종이고 아래로 향해 있으면 외래종으로 구별한다고 한다. 하얀 민들레는 거의 토종이며 노란 민들레는 외래종이 더 많다고 하는데, 꽃잎이 가늘며 많고 토종은 꽃잎이 크며 양이 적다고 한다.

민들레는 위염 위궤양, 만성간염, 지방간, 또는 만성 장염, 변비에 좋다고 하는데 약성은 둘 다 거의 같지 않을까?

토종은 우리 땅의 기운으로 자연환경에 적응하여 자랐기에 우리 몸을 구성하는 미네랄과 비타민, 그리고 필수 아미노산이 함유되어 약효 면에서 더 선호하는 것 같다. "토종은 역시 신토불이야"라는 말처럼.

민들레의 꽃말은 "감사하는 마음"이라고 한다.

민들레가 지천에 널렸을 때는 '잡초'라고 하며 짓밟히고 꺾여도 아쉬운 마음 하나 없더니만 효능이 좋다고 전해지면서 너도나도 들판에 핀 민들레를 뿌리째 캐어가니 사람들의 마음이 이렇게 간사할 줄이야!

오늘 길옆에 핀 하얀 민들레를 만나면 피어나서 고맙고 봄을 알려주어 또 고맙고 건강까지 지켜주어 더더욱 감사하다는 인사를 해야겠다.

우리는 살아가면서 누군가에게 도움을 받고 또 도움을 주기도 하며 살아가지만, 감사하는 마음을 표현하며 살기란 어렵다는 것을 알고 있다. 그것은 이제껏 우리가 사소한 것들의 가치를 높이 평가하는데 인색했기 때문일 것이다.

매일 가까운 남산을 오르면서 싱그러운 나무가 주는 향과 맑은 공기의 고마움도, 산과 들에 핀 이름 모를 들꽃과 대화하며 거니는 즐거움도, 힘 있는 두 다리로 그곳까지 갈 수 있는 체력을 유지한 나 자신에게도, 그곳에 가면 반가운 친구 이웃을 만나 웃음을 나누는 기회를 얻는 것도 다 감사해야 할, 우리에게 주어진 가치가 아닐까? 나에게 주어진 것들을 누리는 행복에 대한 감사도 잊지 말아야 하겠지.

"감사하면 감사할 일이 생긴다. 밥 먹듯 감사하라."라는 글도, "범사에 감사하라."라는 하나님의 말씀도 이와 같은 맥락에서 출발한 것이라고 생각한다.

나에겐 주어진 일이 있으며 내가 해야 할 일이 있다는 것과 내가 필요로 하는 곳이 있고 내가 갈 곳이 있다는 것에 대해 언제나 감사한 마음을 가져야 하겠지.

민들레는 바람처럼 가벼운 솜털에 종자를 싣고 봄바람을 타고 멀리멀리 퍼져 나가는데, 그 모습에서 인간의 희로애락을 엿볼 수 있는 꽃이기도 하다.

저렇게 홀씨 되어 어디론가 날아가 새 보금자리를 만들고 살아야 할 민들레의 숭고한 운명. 종자 번식 본능에 감동을 느끼며 그냥 지나치려다 옆에 곱게 핀 민들레 꽃대를 하나 꺾어 내 가슴에서 솟아나는 뜨거운 열정과 사랑을 담아 힘껏 불어 사방으로 날려 보낸다.

그저 어디서든 희망의 싹을 틔워 보렴.

인생은 미완성이란 노랫말 중 인생은 미완성 그리다 마는 그림.

그래도 우리는 아름답게 그려야 해.

민들레 홀씨처럼 꿋꿋하게.

(토종 하얀 민들레)

길에서 만나는 얼굴 없는 스승들

옥시기 씨알의 뻥이요!

여름이면 하얀 알이 마치 이빨처럼 규칙적이고 질서 있게 총총 박혀 있는 옥시기를 볼 수 있다. 그 옛날 가난을 해결하는 대명사처럼 우리 삶 속에 깊숙이 뿌리내려 우리네 가슴속에 회한과 감동의 기쁨으로 다가오곤 한다.

어려웠던 50~60년대, 배고픔을 채워주고 고소한 맛으로 우리 곁을 맴도는 너의 헌신적인 희생이 있었기에 세월이 흘러도 너를 대하는 마음이 한결같은 것이 아닌가 생각한다.

벼과에 속하는 한해살이풀로 남아메리카가 원산지이며 전 세계에 퍼져 인류를 구원하는 메신저 역할을 이제껏 해오고 있다. 식량이 부족한 후진국이나 대륙에서는 식량 대용으로, 개도국이나 선진국에서는 간식 대용이나 건강식품, 가축 사료, 산업 원료로 그 역할을 성실히 수행하고 있지 않은가?

옥수수는 곤충의 도움 없이 바람과 중력에 의해 수정이 되는 한해살이 식물로 키는 2m 정도까지 자란다고 한다.

옥수수 알을 강냉이 또는 옥시기, 옥시시라 부르며, 옥수수는 구슬같이 노란 수수란 뜻에서 비롯된 것이라 한다. 영어로는 콘(corn)이라는 명사가 사용되고 있다.

하늘을 나는 잠자리도 힘이 버거우면 잠시 옥수숫대 끝에 앉아 쉬어가게 하는 배려와 천적에 쫓기어 황급히 도망가는 청개구리를 기다란 녹색 잎 속에 감추어 숨겨주는 아량도 볼 수 있다.

내가 58년도에 초등학교에 입학하여 4학년이 되던 해. 어느 가정이나 먹을 것이 없어 도시락은 물론 끼니도 건너뛰는 시절. 나는 보리밥일망정 도시락은 싸가지고 다닐 형편은 되었지만, 대부분의 아이는 굶는 것이 다반사였다. 이를 해결하기 위한 방안으로 학교에서 멀건 옥수수 죽을 만들어 한 국자씩 나누어 주었다. 비록 한 그릇의 죽이지만 그것을 마시는 아이들은 마냥 즐겁고 행복해하던 모습이 생각난다.

나도 먹어보았지만 그땐 정말 꿀맛이고 가장 맛있는 식사였다. 그 무엇과도 바꿀 수 없는 죽 한 그릇의 소중한 행복은 잊을 수가 없다.

다음 해는 옥수수 가루를 나누어주어 집에서 옥수수 빵을 만들어 먹었는데, 그 기억도 역사 속의 한 추억으로 남아있다.

옥수수는 식용, 약용, 기름, 조미료, 화장품, 제과, 가축 사료 바이오 연료 등 효용성이 크고 식용 대체 효과가 뛰어나 전 세계적으로 재배되고 있다.

늦은 여름 뜨겁게 내리쬐는 강렬한 태양의 빛 에너지와 이산화탄소, 물, 엽록체가 광합성 작용을 통해 열심히 녹말을 생산하여 알알에 꽉꽉 채워 준다.

처음에는 하얀 수염을 내밀며 수줍은 듯 바람에 흩날리다 알알을 꽉 채워 익어가면서 붉은색으로 변하고, 수염이 늙어 마르면 다 익은 열매로 변한다.

그 옥수수 한 통을 꺾어 겹겹이 둘러싼 껍질을 하나하나 벗겨 가노라면 질서 있게 잘 정돈된, 마치 숨겨놓은 여인의 젖가슴처럼 터질듯한 하얀 속살이 드러난다. 옥수수 한 대에 붙어 있는 옥수수알과 같은 수의 수염이 달려있다는 사실을 처음 알았을 때 너무 신기했다.

갓 벗겨낸 옥수수를 가마솥에 넣고 쪄서 건져내고, 몸통에서 김이 모락모락 올라오는 옥수수 하나를 호호 불며 입에 넣고 오물거리던 옛 시절의 추억이 입맛을 다시게 한다.

옥수수 한 자루 입에 물고 하모니카 연주 한 곡 뜯으면 가는 여름도 더위를 잊은 채 감상에 젖는다. 옥수수 알알에 할아버지, 할머니의 무한한 사랑과 인정이 듬뿍 담겨 있어 더욱 맛있었던 것 같다.

씹으면 알갱이가 톡톡 터지는 것이 식감도 좋고 배가 고플 때는 허기를 달래주고 입이 심심할 때는 먹기에 딱 좋은 간식으로서 맛만 좋은 것이 아니라 우리 건강에도 좋다고 한다.

옥수수를 먹고 생긴 속대는 연료로도 사용되지만, 할아버지 할머니의 가려운 곳을 시원하게 해결해주는 효자손 노릇을 하며 오랜 세월을 지켜왔다.

또한 옥수수 속대 삶은 물을 마시면 치통을 다스리고 잇몸을 튼튼하게 하여 구강건강을 도와주는 역할도 한다고 한다. 바로 인사돌의 주성분이 베타-시토스테롤성분이 들어있기 때문이란다.

옥수수를 꾸준히 먹으면 심신을 안정시키는 것은 물론 비타민 B1이 들어있어 식욕이 없거나 무기력하고 권태감이 있는 사람들에게 좋은 효능이 있다고 한다.

옥수수를 발효시키면 바이오 연료인 알코올이 생성되어 환경오염 없는 대체 에너지로서도 활약한다고 한다.

옥수수는 볶아서 차로 마시고, 옥수수수염은 끓여서 마시면 이뇨작용을 자극하여 노폐물을 배출하는데 효과적이라고 한다. 이 밖에도 혈관질환, 당뇨, 숙취 해소 등 다방면에 이용되고 있다고 하니 벼, 밀과 함께 세계 3대 작물이라는 칭호를 얻은 것이 아닌가 싶다.

옥수수는 최후까지 대중적 간식으로 자리매김을 하기 위해 뜨거운 열기 속에서 참고 참나가 마지막 외치는 "뻥이요!"하는 소리와 함께 배를 뒤집어 하얀 솜 같은 꽃을 피워낸다.

우리의 맛 나는 간식으로 태어나기 위해 자신의 몸을 던진다.

먹어도 먹어도 배부르지 않고 '손이 가요 손이 가'라는 광고 음

길에서 만나는 얼굴 없는 스승들

악처럼 국민적이고 대중적인 간식이요 남녀노소 누구에게나 사랑받는 뻥튀기!

먹는 방법에 따라 구수하고, 고소하고, 푸근한 맛과 향이 달라진다.

너를 차로 마시면 구수하고, 튀겨 먹으면 고소하고, 쪄서 먹으면 푸근한 맛.

혼자보다 둘이 먹을 때 더 구수하고, 사랑하는 사람과 함께 먹으면 더 고소하고, 이웃과 함께 먹으면 더 푸근한 맛을 창조하는 너의 아름다운 희생이 우리를 기쁘게 해준다.

옥시기(옥수수)는 온몸을 받쳐 남을 위해 배려하고 희생하는 마정방종(摩頂放踵)과 같은 존재가 아닌가 싶다.

감자

감자는 가지과의 여러해살이 식물로 세계에서 네 번째로 많이 생산되는 곡물이다. 하지감자, 지실, 마령서(馬鈴薯), 북감저(北甘藷)라고도 한다.

원산지는 남미 안데스 지역인 페루와 북부 볼리비아로 알려져 있으며, 주로 온대 지방에서 재배되고 현재 전 세계에 보급되어 세계인의 유용한 먹거리 중 한 축을 이루고 있다

계절이 변해 봄이 되면 가장 빨리 심는 게 감자이며, 또 가장 빨리 수확하는 것 역시 감자로 심은 지 90~100일 정도면 수확이 가능하다고 한다.

우리나라에서도 1940~50년대에 쌀이나 보리, 밀 등 식량이 부족할 당시 감자로 끼니를 채우던, 배고프고 서글펐던 시절이 있었다. 시골 고향에서는 손님이 와도 대접할 것이 없어 감자를 삶아 바가지 속에 몇 알 담아 물 한 대접과 함께 내놓은 게 고작이었다고 한다.

그때만 해도 감자라도 먹을 수 있는 게 참 다행이고, 맛있고, 행복했던 시절인 것 같다.

울퉁불퉁 들어가고 나오고 한 모양은 볼품없지만, 감자가 주는 푸근한 인정과 너그러운 따스함이 감자를 먹는 입안에서, 맛 속에서 흘러나오는 향기가 아닐까 한다.

누구나 삶아서, 쪄서, 불에 구워서 먹던 옛 시절의 맛이 머릿속에 남았을 텐데, 지금 먹어봐도 여전히 맛있고 감미로운 느낌은 변함이 없는 것 같다.

가난의 대명사처럼 여겨지던 감자!

감자에 얽힌 사연은 집집마다, 사람마다 가슴 깊은 곳에 서리서리 쌓여 요즘 세상에 구수한 이야깃거리로 심심찮게 거론된다.

지독히 힘들고 가난했던 그 시절엔 아침에 감자밥을 먹고, 점심에는 삶은 감자 몇 개로 끼니를 때우고, 저녁에는 감자수제비로 배를 채웠다. 1940년대 가난한 서민들에게는 감자가 주식이고 감자가 부식이고 감자가 간식이던 시절도 있었다고 한다.

요즘 아이들에게는 감자 자체보다 감자를 가공해서 만든 포테이토칩이나 햄버거 가게에서 햄버거와 함께 먹는 감자튀김, 또는 허니버터칩이 입에 더 익숙한 듯하며, 간식도 아닌 별식으로 자주 먹는 것 같다.

김동인 님의 '감자'라는 작품 속에 등장하는 여인도 가난 때문에 중국인의 감자밭에 들어가 감자를 훔치다가 들켜 밭주인에게 몸을 빼앗기고 결국 그 지주의 첩이 되고자 하는 이야기인데, 이역시 지독한 가난 때문에 나온 이야기이다.

중세 유럽에서 대기근이 일어난 시기에 구세주로 등장한 것이 아메리카 대륙에서 건너온 감자였고, 그것이 유럽인의 가난을 구한 식품이라 하여 구황식품이라고 한다.

감자는 용도가 많아서 어떻게 먹어도 맛있고 질리지 않는 것 같다. 지금은 아가씨나 젊은 엄마들의 다이어트 식품 혹은 간식 대용이 되거나 감자 칩이나 허니버터칩, 감자 고로케 등 아이들이 좋아하는 과자가 되고, 햄버거와 함께 먹는 감자튀김이 되는 등 젊은 층 사람들에게 인기가 있는 것 같다. 어른들은 종종 감자탕 전문 음식점에서 동창모임이나 계 모임을 할 때 감자의 또 다른 매력을 맛보기도 한다.

녹말을 내어 감자떡을 만들어 먹어도 맛있고, 감자를 갈아서 빈대떡이나 감자전을 만들어 먹어도 맛깔나고, 감자 샐러드를 만들어 먹어도 신선한 느낌을 준다.

감자를 구워 껍질을 벗기고 한 입 물었을 때 뜨거워 삼킬 수도 없고 아까워 뱉을 수도 없는 상황을 우리는 "뜨거운 감자"란 용어로 표현하는데, "뜨거운 감자"란 말은 너무 뜨거운 감자를 모르고 잡으면 손을 데기 쉽고, 막상 먹어보면 너무 뜨거워서 쉽게 삼키지도, 그렇다고 뱉을 수도 없는 상황을 나타내는 말이 되었다. 그래서 정치적, 사회적으로 중요한 문제라서 해결은 해야 하는데 사안이 민감해 이러지도 저러지도 못하는 진퇴양난에 빠진 경우를 은유적으로 비유해 일컫는 말이 되었다. 이는 막 구운 맛있는 감자를 먹고 싶기는 하나 뜨거워서 먹기 어려운 난처한 상황을 이르는 말에서 유래되었다고 한다.

정년퇴직 후 농사를 지은 지 3년째 되는 해에 300평 밭에 감자를 심었다.

별로 심을 것도 없고 재배가 쉬워 씨감자를 구입하여 3월 23일 식재 후 90여 일 지난 다음 수확을 하였는데, 수확하기까지 정성스럽게 가꾸고 잡초도 뽑아가며 땀 흘리고 쏟아 부운 열정에 보답하듯이 캘 때마다 감자가 우르르 쏟아져 나왔다. 덩굴에 달려 나오는 굵고 작은 감자를 보니 기분이 너무 좋았다.

수확하는 기쁨이 이런 것이구나 하는 즐거움을 맛보고, 또 수확한 것을 이웃에, 친척, 친지 분들께 나누어 주는 기쁨도 느낄 수 있어 더욱 보람을 느꼈다.

퇴직 후 여유가 가져다준 기쁨과 즐거움이 이렇게 크다는 것을 처음 맛보았다.

감자란 것이 인정과 사랑으로 함께 이어온 인연이 있기에 모두에게 사랑받는 것인지도 모르겠다. 지긋지긋한 가난 속에서도 하얀 감자 꽃도, 자주색 감자 꽃도 피고 지고 열매를 맺어 수십억 세계인구의 생명과 건강을 지키며 오늘까지 이어져 오고 있다.

(처음 수확한 감자 자주색, 분홍색)

감자에 얽힌 사연이 거미줄처럼 산더미처럼 얽히고설켜 전해져 오고 있지만, 마냥 즐거워할 수만은 없던 그 시절이 이제는 추억으로 남겨지고 오늘날에는 웃으면서 바라볼 수 있는 여유가 생겨난 것은 할아버지 세대나 부모 세대의 헌신적인 노력의 결과가 아닐까?

아는 것만큼 보이고 아는 것만큼 즐길 수 있다는 말이 있다.

세계적인 화가 밀레가 그린 '만종(晩鍾)'이란 명화를 우리는 단순히 하루 일을 마치고 농부 부부가 교회 종소리를 들으며 기도하는 평화로운 그림이라고만 생각하고 봐왔다.

하지만 이 그림 속에는 슬픈 이야기가 숨어 있다고 한다.

농부 부부가 바구니를 발밑에 놓고 기도하고 있는데, 사람들은 그 바구니를 감자 씨와 밭일 도구를 담아 놓은 바구니로 알고 있었다. 그런데 사실은 그 바구니에는 씨감자가 들어있던 게 아니라 그들이 사랑하는 아기의 시체가 들어있었다고 한다.

그 시대, 배고픔을 참고 씨감자를 심으며 겨울을 지내면서 봄이 오기를 기다리고 있었는데 사랑하는 아기는 배고픔을 참지 못해 죽은 것이다.

죽은 아기를 위해 마지막으로 부부가 기도하는 모습을 그린 그림이 바로 '만종'이라고 한다.

그런데 왜 그림 속의 아기가 사라졌을까?

이 그림을 보게 된 밀레의 친구가 큰 충격과 우려를 보이며 아기를 넣지 말자고 부탁을 했고, 밀레는 고심 끝에 아기 대신 감자를 넣어 그려 출품했다고 한다.

감자는 이제 가난과 고통의 시대를 종식하고 질병 예방과 치료 및 수명 연장과 건강 증진을 위한 비장의 무기로 인류에게 희망을 가져다주는 식품이 될 것 같다.

미래학자들은 감자를 미래의 식량이라 부르고 있는데, 감자는 인류의 주식 중 유일한 알칼리성 식품이라고 한다.

장수를 연구하는 미국의 한 의학연구소는 장수의 비밀은 바로 감자를 주식으로 하는데 있으며, 감자의 소비량을 조사한 결과에서도 감자를 주식으로 하고 있는 민족일수록 장수자가 많은 것이 입증되었다고 한다.

감자는 보관을 잘해야 된다고 한다.

감자의 싹 속에는 솔라닌이라는 독성물질이 있는데, 솔라닌은 감자가 햇빛에 노출될 때 싹과 표피에 생기는 독으로 사람이 섭취하면 위장관이나 신경질환을 유발한다고 한다. 우리의 식재료도 관심과 사랑으로 보살피지 않으면 그에 상응하는 대가를 주는 것이다.

다른 사람이 비위나 기분을 상하게 하면 화를 내듯, 감자도 자신을 사랑하지 않거나 무관심으로 대하면 독성을 만들어내어 고통을 준다는 사실도 알아야 할 것 같다.

허물 (Ⅱ)

나는 거의 매일 남산을 오른다. 정년퇴직 후 7년째 등산을 하며 건강도 증진시키고 친구도 만나기 위해서다.

남산은 해발 636m로 충주시민의 휴식공간이자 쉼터로 이곳을 찾는 사람들의 목적도 다양하고, 산을 오르는 의미도 다양하며, 산을 바라보는 취향도, 산을 오르는 연령도 모두 각양각색이다.

오늘도 어느 때와 마찬가지로 늘 오르던 남산이었건만, 유난히 더운 날씨 탓인지 녹색으로 물든 나무사이로 힘차게 울어대는 매미의 절규 같은 울음소리가 산속 여기저기서 들려왔다.

'맴맴맴 매에앰…'

그 울음소리는 누구에게는 시원한 더위를 식혀주는 사이다 같은 기분을 느끼게 하고, 또 다른 누군가에게는 달콤한 사랑의 하모니 같은 청량제 역할을 하며, 힘들게 산을 오르는 누군가에게는 힘을 북돋아주는 영양제 같은 산소 역할을 하며, 지치고 찌든 사람에게는 그냥 짜증나는 소음으로 밖에 들리지 않는다. 그런 매미 울음소리가 뜨거운 여름 하늘을 달구고 있었다.

하나의 울음소리에도 이렇게 느끼고 부여하는 의미가 다르다.

매미는 왜 그토록 쩌렁쩌렁 소리 내어 울어댈까?

운동기구를 만지며 가볍게 몸을 풀고 있는데 옆에 있는 낙엽송 나무껍질에 탈피한 매미껍질이 붙어있는 것이 눈에 띄었다. 매미가 탈바꿈한 변태의 흔적이고 허물이었다.

껍질을 벗고 세상에 나올 때 얼마나 고통스럽고 힘들었을까? 아니면 저 무한한 우주공간을 훨훨 날을 수 있다는 희망과 기대를 생각하며 기쁘고 즐거운 마음으로 허물을 벗었을까?

왜 곤충은 탈바꿈을 하나?

그들의 변태는 단계를 거친다고 한다.

곤충은 우리가 흔히 알고 있는 척추동물과는 다른 성장 과정을 갖는다.

곤충은 인간과 다른 피부를 갖고 있다. 피부가 단단한 뼈의 역할을 하며, 몸속에는 뼈가 없는 외골격 구조를 하고 있기 때문에 어린아이처럼 쑥쑥 자라는 것이 아니라 몸의 허물을 벗으면서 한 단계 한 단계 차근차근 커 간다고 한다.

굼벵이는 원래 풍뎅이의 유충을 일컫는 말인데, 간혹 매미의 약충을 굼벵이라고 부르기도 한단다.

매미는 번데기가 되는 과정 없이 알→애벌레→성충과정을 거치는 불완전변태를 한다.

길에서 만나는 얼굴 없는 스승들

(낙엽송 껍질에 붙은 매미탈피 모습)

　나무껍질 사이에 알을 낳아 3~4개월 후 부화하여 땅속으로 들어간다. 오로지 울기 위해 태어난 곤충. 푸른 하늘을 훨훨 날아 자유의 몸으로 변신하기 위해 어두운 땅속에서 7년의 고행을 견디고 나무 위로 올라와 목표를 이룬다. 그 기쁨과 즐거움을 그렇게 큰소리로 목청껏 노래 부르며 환희를 외쳤는지도 모른다.

매미가 땅속에서 행한 7년의 고행은 누구도 상상하기 힘든 만큼의 고통과 인내 없이는 이루기 힘든 과정일 것이다.

어두운 땅속에서 애벌레로 살아가는 동안에도 여러 번 탈바꿈해야 하는 고충도 있었겠지. 천적의 먹잇감이 되지 않기 위해 발버둥 치고, 탈바꿈의 고통도 견뎌내고, 세균이나 바이러스로부터의 공격도 피해 가는 등 살아남기 위한 처절한 몸부림이 어찌 없었겠는가?

매미의 일생은 인내와 시련의 결과이자 열매이다. 매미는 땅속에서 짧으면 7년을 죽은 듯이 말 없는 고행과 시련을 반복하면서 삶의 의지를 키워왔을 것이다. 땅속에서 지내는 기간 동안 참고 견디는 인내가 없었다면 하늘을 볼 수가 없었겠지.

다섯 차례의 허물벗기라는 시련이 있었기에 푸른 하늘을 날아 마음껏 노래하는 자유와 권리를 얻었고, 탈피의 아픔을 참고 인내하였기에 그가 추구하는 세상에서 새로운 삶을 살아갈 수가 있었겠지.

인내와 시련을 통해 하늘을 바라본 매미가 대자연에서 노래하는 기간은 안타깝게도 고작 2~3주 밖에 안 되지만, 우렁차고 힘 있게 울어대는 그 소리는 자연에서 들려오는 소리 중 가장 시원시원하고 멋져서 아름답다고 생각한다. 왜냐하면 땅속 생활이 길다고 불만을 토하지도 않고, 매미로 사는 시간이 짧다고 불평하지 않고, 오로지 자기에게 주어진 시간을 최대로 활용하여 알차고 보람 있게 즐기고 있기 때문일 것이다.

매미가 우는 이유는 단지 이것뿐만 아니다. 숫놈 매미가 우는데, 짧은 시간 동안 짝짓기를 하여 알을 낳아야 하기 때문에 그렇게 울어댄다고 한다.

불과 한 달도 못 채우고 생을 마감하는 매미의 일생보다 더한 안타까운 삶이 또 어디 있을까?

천명이 다하고 소리가 멈추면 털끝만한 미련도 없이 훌훌 털어버리고 이승을 하직하는 너 매미야, 넌 참 대단하구나!

그러고 보니 2003년 매미라는 이름이 붙은 태풍으로 인해 132명의 사망자와 6만 여 명의 이재민, 그리고 4조 7천억 원의 재산 피해가 생긴 것이 떠오른다. 역시 너도 대단한 태풍이었지!

자연의 섭리에 순응하며 살아가는 한 미물의 일생이지만, 깨끗한 뒷마무리에 머리가 숙연해진다

진나라의 유명한 시인인 육운이라는 사람은 매미에게는 문(文), 청(靑), 염(廉), 검(儉), 신(信)이라는 다섯 가지 덕이 있다고 했다.

매미의 얼굴에서 입으로 내려오는 모양이 갓끈을 맨 것 같으니 글을 안다는 것이고(문文), 맑은 이슬만 먹고 사니 청빈하다는 것이고(청靑), 사람이 먹는 곡식에는 해를 주지 않으니 염치가 있다는 것이고(렴廉), 집을 짓지 않고 사니 검소하다는 것이고(검儉), 철에 맞춰 허물 벗고 때맞춰 떠날 줄 아니 신의가 있다는 것이다(신信).

이렇게 매미는 학식(文), 깨끗함(淸), 청렴함(廉), 검소함(儉), 신의(信)라는 다섯 가지의 덕을 갖추었기에 사람들이 본받아야 한다고 말하고 있다.

달팽이, 우렁이도 집이 있는데 무소유에 대해 가르쳐 주는 매미만큼은 집 없이 산다. 집이 필요 없으니 부동산에 욕심이 없고, 먹는 것이 별로 없으니 탐욕도 없다. 거기다 죽을 때를 미리 알아 첫서리 내리는 밤에 어디론가 사라지니 뒤가 깔끔하다고 한다.

그런 것을 볼 때 인생의 덧없음을 알고 겸손하게 살라고 말하는 것 같고, 보이는 것에 욕심내지 않고 깨끗하고 청빈하게 살다가 때가 되면 매미처럼 조용히 떠날 줄 아는 인생이 가장 아름다운 모습이라고 말하는 것 같다.

그렇게 7년의 고행을 버텨내고 마침내 매미로 우화하기 위해 나무를 찾아 길을 나서지만, 나무 위로 올라가는 도중 천적에게 잡아먹히는 아픔과 먹히지 않으려고 애쓰는 고통을 겪으며 마지막 탈피를 위한 준비를 서두른다. 그런데 굼벵이는 불빛이 너무 밝으면 탈피를 시도하지 않고 어두워지기를 기다렸다가 탈피를 한다고 한다.

껍질에서 나오기 위해 안간힘을 쓰는 것이 성충으로 변하는 산고의 고통과도 같은 것일 것이다. 허물은 나무에 단단히 매어 놓은 채 하늘을 향하여 비상할 준비로 서서히 몸과 날개를 말리면서 첫 비행을 준비한다. 아마 오늘 낮부터는 힘든 세상살이 속에서도 어른으로 성장할 수 있었다는 것에 감사하며 살아남았다는 기쁨과 환희에 목청 높여 신나게 노래를 부르겠지.

이렇게 어두운 긴 터널 속에서 외롭고 무서운 변태를 거듭하며 세상에 나온 위대한 승리자이기에 매미는 크게 울어도 울 자격이 있다고 본다. 지금 당장은 힘든 일이 있더라도 조금만 참고 견디면 반드시 세상을 향해 마음껏 소리 낼 시간이 올 것이라는 기대를 안고 참고 견디었나 보다.

7년의 긴 고행과 역경을 이기고 매미가 된 그들의 향연을 단지 시끄러운 소음으로만 듣지 말고 그 이면에 담긴 탈피의 애환과 매미의 오덕(五德)을 마음속에 새기며 바른 마음으로 살아갔으면 좋겠다는 생각이 든다.

길고 긴 인고의 시간과 시련을 참고 버텨내면 내게도 언젠가 기쁨과 환희에 춤을 추는 시간이 올 것이라는 희망을 품어 본다.

"쨍하고 해 뜰 날 돌아온단다."

왜 갑자기 이 노래가 떠오를까?

(매미의 탈피한 모습)

한번 각인된 이미지

우리에게는 머릿속에 한번 각인된 이미지가 잘 지워지지 않고, 고치려는 노력도, 새로운 이미지로 바꾸려는 시도도 하지 않는 경향이 있는 것 같다.

비둘기라는 새는 전 세계 사람들에게 평화와 안정을 상징하는 새로 잘 알려져 있고, 또 그렇게 각인되어 왔다. 이런 의미에서 비둘기는 보호받고 사랑받으며 사람의 손에 길들어 번식했는데, 그 결과 개체 수가 너무 늘어나 많은 문제점이 드러나고 있다.

우리 조상들은 비둘기를 부부 금슬을 상징하는 새로 생각해 왔다고 한다. 비둘기는 한번 짝을 맺으면 절대로 짝을 바꾸지 않기 때문이라고 한다. 어릴 때부터 이런 좋은 말만 듣고, 책을 통해서 알고, 배우고 했으니 당연히 사람들에게 좋은 이미지로 전해지면서 그것을 의심조차 하지 않았을 것이다.

하지만 세월이 지나 개체 수가 증가하고 먹이 부족에 따른 폐해가 나타나면서 유해 야생동물로 분류되기 시작한 것이다.

개체 수 증가에 따른 배설물이 아파트 주변이나 공원 등에 마구 쏟아짐으로써 세균을 퍼트려 위생에 많은 지장을 초래하고, 배설물은 산성이 강해 동상이나 철골 구조물, 자동차 등을 부식시키기도 하며, 농민들이 애써 심은 씨앗을 습격하여 막대한 손해를 끼치는가 하면 먹이 부족으로 쓰레기봉투를 마구 훼손해 도시 미관을 파괴하는 등 외면상 나타나는 이미지와 내면에 숨어 있는 이미지가 달라 외면상 이미지가 내면의 의미를 잠식하는 현상을 초래하고 있다.

긴 시간 동안 형성된 이미지는 사람들의 의식 속에 자리 잡고 지금까지 이어오고 있지만, 환경의 변화나 사회구조에 따라 사람들에게 불편함이나 피해를 준다면 당연히 낡은 이미지를 새로운 이미지로 바뀌어야 되지 않을까?

비둘기가 비에 흠뻑 젖은 모습으로 나뭇가지에 앉아 깊은 고민에 한숨까지 쉬며 아래를 내려다보고 있었다. 마침 그곳을 지나가던 까치가 옆에 와 앉아 무슨 고민이 있느냐고 물었다. 그러자 비둘기가 답했다.

"나는 세계인의 평화를 상징하는 새로 인식되어 존중받으며 사람 곁에서 마음고생 없이 잘 지냈어. 그런데 요즘은 배설물이 더럽고 세균을 퍼트리며 농작물에 피해를 준다고 좋지 않은 이미지가 점점 늘어나는 쪽으로 변해가고 있어서 내 위치가 위태로워졌지 뭐니!"

"비둘기야, 그렇게 걱정하지 말고 지금 하던 대로 살아. 네 이미지가 워낙 세계적이라 한순간에 바뀌거나 없어지기는 힘들 거야."

"그래 말이라도 고맙구나. 까치야! 너는 옛부터 사람들에게 기쁜 소식이나 좋은 일을 알려주는 메신저 역할을 하며 살아왔지? 나는 네가 정말 부럽다. 사람들은 너를 잡아먹지도 않고 보호해주며 '길조'라는 칭호까지 주었지."

마침 그때 이곳을 지나가던 까마귀가 호기심이 발동하여 두 새의 대화에 끼어들었다.

"너희 내 흉을 본 거 맞지?"

까치가 답했다.

"비둘기가 요즘 이런저런 문제로 살기 힘들다고 해서…"

그 말을 듣던 까마귀가 말했다.

"나는 옛부터 전염병이 돌 때 까마귀가 울면 병이 널리 퍼진다고 하고, 길 떠날 때 까마귀가 울면 재수가 없다고 해서 오늘날까지 누명만 쓰고 살고 있어. 또한 귀에 매우 거슬리는 말을 할 때 '염병에 까마귀 소리를 듣지'라고 말한다고. 나는 인간들에게 불길한 새로 낙인찍혀 있어."

"그래도 즐겁게 살고 있지."

"야 까치! 너는 상서로운 새로 알려져 있지 않니? 그래서 '까치를 죽이면 죄가 된다.' 또는 '아침에 까치가 울면 그 집에 반가운 사람이 온다.'는 좋은 의미로 기억되어 있지 않냐? 반가운 사람이나 소식이 올 것을 알리는 새로서, 그리고 부자가 되거나 벼슬을 할 수 있는 비방을 가진 새로서도 널리 인식되어 있잖니! 나는 네가 너무 부러워 심통이 날 때가 있어! 나는 겉모습이 검기 때문에 더럽고 재수 없는 새로 인식되어 버렸지 나에 대한 좋지 않는 속담도 부지기수야. 아마 50~60가지는 족히 될 거야. 하지만 누가 뭐라 해도 나는 꿋꿋하게 내 길을 갈 거야."

까치가 끼어들었다.

"너는 사람들에게 크게 해롭게 한 일도 없는데 검다는 이유로 선입견이 작용한 것 같아?"

까마귀가 흥분하여 계속 열변을 토했다.

"'까마귀 우는 골에 백로야 가지 마라'라는 시조 들어 봤지? 사람들이 나를 보고 색깔이 검으니 더럽다는 생각을 갖는 게 내 입장에서 무지 억울해. 이유 없이 의심받을 짓을 하지 말라는 뜻의 '까마귀 날자 배 떨어진다'라는 속담도 있어. '까마귀밥이 되다'는 거두어 줄 사람이 없이 죽어 버려지는 것을 비유적으로 한 말이고, '까마귀 열두 소리 하나도 들을 게 없다' 즉 까마귀가 열두 번 울어도 '까악' 소리뿐이고 나를 가치 없는 존재로 치부해버리는 속담도 있어. 비둘기야! 너는 특별한 속설도 없이 무조건 좋은 의미로 부각되어 왔는데 어쩌다 요즘은 찬밥 신세가 되었는가?"

비둘기가 나서서 말을 했다.

"세상이 바뀌고 사람들의 환경과 건강, 과학의 발달에 따라 피해를 준다는 이유겠지 뭐! 너희 이야기를 들으니까 나는 세계적 스타로 사랑과 대접을 받은 것 같다. 정말 고마워"

까치가 나서 까마귀를 위로하듯 "그래도 너를 두둔하는 말도 있지 않냐. 너무 상심하지 마라. '까마귀가 검기로 마음도 검겠느냐', '까마귀 검다하고 백로야 웃지 마라' 비록 겉모습이 허술하고 누추하여도 마음까지 악할 리가 있겠니! 그래도 우리 모두는 좋은 의미의 이야기도 세상에 알려져 있잖아."

한국민족문화대백과사전을 보면 까마귀는 자라서 어미에게 먹이를 물어다 먹인다는 반포의 효성이 있고, 비둘기는 어미와 새끼, 수컷과 암컷 사이에 엄격한 질서가 있어 예절을 지킨다고 한다. 또 까치와 까마귀는 칠월칠석날 견우와 직녀가 만나도록 다리를 놓아준다는 전설도 있다. 이처럼 장점이 있으면 단점도 있다는 것을 알게 되었다.

사람도 누구나 다 장점만 있으라는 법이 없듯이 단점도 있으므로, 이것은 마치 동전의 양면과 같아서 단점은 고쳐서 장점으로 만들고 장점은 더 발전시켜 단점을 덮어주는 역할이 필요하지 않을까?

상대방을 자신의 선입견과 편견으로 옳고 그름을 잘못 판단해서도 안 되지만, 오류로 인한 생각을 머릿속에 각인해 두어서도 안 된다는 생각이 들 때가 있다.

길에서 만나는 얼굴 없는 스승들

향기 품어내는 아까시나무

우리나라 어느 산자락 어떤 동네 어귀에서도 아카시아 나무는 자란다. 동네 근처 과수원 울타리는 대부분 아카시아 나무로 되어 있고 앞산 언덕 뒷산자락 어느 곳에도 아카시아 나무는 쉽게 볼 수 있다.

봄에 짙은 향기의 하얀 꽃이 피는 나무를 가리켜 흔히 아카시아 나무라고 한다. 그런데 꿀을 채취할 수 있는 나무는 아카시아가 아니라 아까시라고 하며, 둘 다 콩과에 속하지만 아카시아 나무는 오스트레일리아와 아프리카의 열대나 온대지방에서 자생하고 아까시나무는 북아메리카가 원산지로 우리나라 산과 들에서 자생할 정도로 분포가 넓고 번식력이 강하다.

사람들이 하도 아까시나무를 아카시아라고 불러서 국어사전에는 아까시나무를 아카시아라고 함께 쓴다고 나와 있다.

아카시아 나무는 원래 우리나라에서는 살아갈 수 없는 나무라고 한다.

싱그러운 태양이 눈부신 계절, 푸르른 녹색이 대지를 물들여 가는 신록의 계절에 또 하나의 향기가 바람을 타고 풍기는 달콤함이 코끝에 닿으면 그야말로 5월은 작은 행복이 피어나는 계절임을 느끼게 된다.

아카시아 나무는 우리나라에서는 목재로서도, 땔감으로서도, 관상수로서도 별로 효용가치가 없는 나무이지만, 그래도 존재의 이유를 묻는다면 과수원 울타리나 60년대 벌거숭이 민둥산의 산사태 방지용 사방사업 내지는 양봉업 농민을 위한 밀원 공급용으로 쓰이는 것 이외는 거의 땔감으로 쓰는 게 보통이다.

외국에서는 아카시아 나무가 노르스름한 색깔에다 단단하며 무늬가 좋아 고급 가구목재로 사용되고, 원산지에서는 단단하여 힘을 받는 마차 바퀴로 쓰일 정도였다고 한다.

내가 초등학교 다닐 무렵 학교에서 방학숙제로 아카시아 나무 씨앗이나 잔디씨, 왕고초씨, 그 외 풀씨를 받아 가져갔던 기억이 난다.

아카시아 나무는 일제 때 들어와서 좋지 않은 이미지가 있지만, 헐벗은 우리 강산을 푸르게 조림하고 산사태 방지와 어려운 시절 양봉을 통한 꿀 생산에 이바지한 것은 의심할 여지가 없다.

아카시아 나무 꽃향기는 그 옛날의 추억이 많이 생각나는 꽃이기도 하다.

누구나 어린 시절 배고파 힘들었던 그 시절에 자란 아이들에게는 탐스럽게 벌어진 하얀 아카시아 꽃을 한주먹 훑어서 흩날려 보기도 하고 꽃잎을 한입에 털어 넣어 먹었던 그때가 그립기도 하고 먼 시절의 추억이 떠오르기도 한다.

모든 것이 부족하던 시절, 배고픔에 대한 갈증을 잠시나마 해소해 주던 고마운 꽃이었던 것 같다. 학교에 갈 때나 올 때는 줄 맞추어 좌측통행하며 걷던 시절에 과수원길 옆을 지나갈 때면 울타리용으로 심었던 아카시아 나무가 꽃을 활짝 피워 달콤한 향기에 꽃밥을 따서 먹기도 하고, 아카시아 잎을 하나 따서 두 명이 서로 가위, 바위, 보 하며 잎을 하나둘 떨궈가며 이긴 사람이 진 사람 이마를 엄지와 검지로 튕겨 맞추는 군밤 때리기 놀이도 하면서 자연과 함께 놀이를 즐기며 커 왔다.

요즘은 장난감도 시대의 변화에 따라 자동 놀이기구나 핸드폰, 전자식 또는 불럭이나 또봇, 카봇의 변신로봇 등 조립과 분해가 쉽다. 그런 문물을 접하기 쉬운 환경에 노출된 아이들이 자연 속에 숨겨진 놀이의 즐거움을 알 수 있을까?

'고향'하면 떠오르는 봄꽃 중에 벚꽃, 살구꽃, 개나리꽃이 있듯이 아카시아 꽃도 봄을 대변하는 꽃으로 그 향기로 말하면 단연 으뜸이 아닐까?

내가 어느덧 어른이 되어 제천으로 출퇴근하던 시절, 충주에서 제천으로 자동차를 타고 출근할 때면 두 개의 구불구불한 고개를 넘어야 한다. 하나는 다랫재, 또 하나는 박달도령과 금봉낭자의 애절한 사랑이야기가 전설로 전해오는 박달재이다.

5월 하순경 아침 일찍 출근하기 위해 길을 나서서 다랫재를 지나갈 무렵, 어디선가 흘러온 진하디 진한 그윽하고 달콤한 향기가 코끝에서 느끼기 시작하여 마음속까지 파고든다.

다랫재 도로 주변 야산에는 아카시아 나무가 많이 분포해 자생하고 있기 때문에 이맘때면 아카시아 향을 만들어 내는 공장처럼 사방으로 퍼지고 바람을 타고 이사람 저사람 품속으로 파고든다. 그러고 나면 머리가 맑아지고 기분이 상쾌해져 오늘 하루의 일과가 즐겁고 멋지게 이루어질 것이라는 믿음이 생긴다.

오래도록 이대로 머물고 싶은 마음 간절하지만 출근시간을 맞추어야하기 때문에 아쉬움을 뒤로하고 학교로 향한다. 자동차로 구불구불한 산길을 돌아 정상에 오르면 박달재의 사연이 애달프게 울려 퍼지며 노래와 함께 넘쳐나는 아카시아 향기에 또 한 번 취하게 되는 순간을 맞이하게 된다.

정말 상쾌하고 매력적인 자연의 향기를 마음껏 흡입하니 힘이 충만 되는 기분을 느끼며 마음속에 쌓인 응어리마저 시원하게 치유되는 자연의 놀라운 기운을 실감하게 된다.

아카시아 꽃이 만개한 시기에는 그 향기에 온갖 벌과 나비가 바쁘게 돌아다니며 열심히 일한다. 이들은 꾀도 부릴 줄 모르며 서로 간섭도, 속이지도 않고 주어진 임무에 충실하며 열심히 노력하는데, 그 모습에서 배워야 할 뭔가가 있다는 것을 깨달아야 할 것 같다.

길에서 만나는 얼굴 없는 스승들

협동을 통해 일사불란한 꿀벌의 행동에서 질서와 역할을 분명하게 지켜가고 자연의 순리에 순응하며 살아가는 성실함을 배워야 할 것 같다.

사람은 꽃에서 직접 꿀을 채취할 수 없지만, 곤충들은 꽃밥 속에서 수정을 해준 대가로 꿀을 얻어 간다.

땀 흘려 일한 노력의 대가는 달콤한 꿀….

자연이 준 천연 벌꿀은 양봉업자의 가슴을 벅차게 하고 희망을 품게 한다.

비록 아카시아 나무가 요즘 여러 가지 이유로 환영받지 못하는 나무라지만, 그 나무에서 피우는 하얀 아카시아 꽃의 향기는 어린 시절에 느꼈던 향수와 낭만을 되돌아보게 하고, 달콤한 꿀을 따는 희망으로 남아있다.

그래서 아카시아 나무는 날카로운 가시를 몸에 지니고 그 자리에서 묵묵히 버티고 있는지도 모른다.

아카시아 향기가 가득한 5월은 작은 행복이 잉태하는 계절이기도 하다.

그 옛날을 기억하며 동구 밖 과수원 길을 함께 걸어가면서 초등학교 시절에 불렀던 노래를 흥얼거려 본다.

동구 밖 과수원 길 아카시아 꽃이
활짝 폈네
하얀 꽃 이파리 눈송이처럼 날리네
향긋한 꽃냄새가 실바람 타고 솔솔
둘이서 말이 없네 얼굴 마주 보며
생긋
아카시아 꽃 하얗게 핀 먼 옛날의
과수원 길~

아카시아 나무의 꽃말은 품위
또는 비밀의 사랑이라고 하며,
나라마다 다르게 사용되고 있는
듯하다. 꽃말처럼 품위 있고 우
아한 모습으로 바람에 일렁이는
모습이 우리를 향해 손짓하는
것인지, 자기를 어루만져 주는
곤충들을 반기는 것인지는 알
수 없다.
그러나 나비 모양의 흰색 꽃잎
이 치렁치렁 달려 있는 꽃의 모
습에서 품위가 묻어나오고, 코끝

길에서 만나는 얼굴 없는 스승들

을 스치는 매혹적인 향기를 곤충과 인간을 동시에 매료시키는 마약인 양 5월의 하늘로 마구마구 쏟아내고 있다.

5월은 푸르구나! 우리 세상이라고 외치는 '어린이날'을 비롯해서 낳으시고 기르시는 어버이 은혜가 푸른 하늘 그보다도 높은 것 같은 '어버이날', 스승의 은혜는 하늘 같아서 우러러 볼수록 높아만 간다는 '스승의 날', 둘이 하나 되어 만난 '부부의 날' 등 가정의 달로 이어지는 5월. 그래서 5월은 생명의 계절이자 계절의 여왕으로 모든 날이 여기에 모여 있는 모양이다.

5월이 아름다운 것은 모든 것을 다 어우르고 포용하기 때문이 아닐까 생각해본다.

Ⅲ

우화의 소리

어떻게 만들면 좋은 인상을 가진 얼굴이 될까?

아주 간단하다! 평소에 좋은 생각을 많이 하면 좋은 인상이 만들어지는 것이다. 좋은 인상이란 항상 웃는 얼굴이라고 생각한다.

거울을 보며 환하게 웃어보라. 얼마나 아름다운가!

웃음은 수많은 질병까지 치료해주는 만병통치약이 아닌가!

"웃음없는 하루는 낭비한 하루."라고 찰리 채플린도 말했다.

화나는 표정, 슬픈 표정, 기분 나쁜 표정을 보이면 거울 속 당신의 모습도 똑같이 화내고, 슬프고, 기분 나쁘게 보일 것이다.

발자크는 "사람의 얼굴은 하나의 풍경이다. 한 권의 책이다. 얼굴은 결코 거짓말을 하지 않는다."라고 했다. 또 나이 마흔이 넘으면 자기 얼굴에 책임을 져야 한다는 말도 있다. 그 나이를 불혹의 나이라고 하는데, 결국 사십 년 넘게 살면 얼굴에 모든 것이 나타난다는 뜻이다.

먼 훗날 당신의 얼굴에 넉넉하고 따뜻한 인상이 그려진 풍경을 보는 그 날을 위해 파이팅! 그러기 위해서는 어떻게 해야 할까?

모자를 벗어 손에 들면 지나는 세상에 적이 없다고 하네.

얼굴

   인간의 얼굴은 하루에도 수십 번 쳐다봐도 모습, 모양, 형태, 감정 등 표정이 바뀌고 바라보는 각도와 생각의 차이로 인해 천차만별 달라 보인다.

   거울 앞에 서서 얼굴을 비쳐 거울을 바라보면서 표정을 살핀다. 누군가에게 남길 첫인상을 되도록 잘 각인시키기 위해서인가? 아니면 제일 먼저 바라보는 곳이 얼굴이라서 일상의 일로 바라보는 건가? 그것도 아니면 하루가 지나면 얼마나 더 예쁘게 변했는지 살피기 위함인가? 글쎄?

   인상이란 어떤 대상을 보거나 듣거나 했을 때 그것이 사람의 마음에 주는 느낌이나 그 작용을 일컫는다고 사전에 적혀 있다.

   여기 얼굴을 구성하는 다섯 개의 기관(부위)이 서로 자기가 제일 중요하다고 주장하는 논쟁이 벌어졌다.

   맨 먼저 눈이 말했다.

"내 몸이 천 냥이면 내 눈은 구백 냥이라고 하는 소리 들어 봤지? 두말할 것도 없이 눈이 그만큼 제일 중요하고 큰 역할을 한다는 거지."

"무슨 소리야!" 하며 코가 말했다.

"냄새를 맡으며 호흡에 필요한 공기를 공급하고 여과하니까 내가 더 중요해. 공기가 들어오지 않으면 금세 죽게 되잖아!"

듣고 있던 귀가 말했다.

"쓰잘데기 없는 소리를 씨불이고 있는겨? 시방. 세상의 소리를 못 들으면 얼마나 갑갑한지 알아? 세상의 모든 소리와 정보를 듣게 해 주고 알려주잖아. 그것만이 아니지. 나는 몸의 균형을 잡아 넘어지지 않게도 하지."

그러자 눈이 다시 나서며 "너는 '백문이 불여일견'이라는 속담도 모르냐? 백 번 듣는 것보다 한번 보는 게 낫다는 뜻이야 멍청아."

다시 귀가 말했다.

"내가 고장 나면 균형을 못 잡아 쓰러지고 말 거야. 그러니 내가 제일 중요한 줄 알아!"

그러자 이번에는 입이 나섰다.

"야! 이 잡것들아! 니들은 2개씩 붙어 있지만 한 가지 일만 하지 않는가? 나는 한 개지만 여러 가지 일을 하거든? 밥도 먹고, 말도하고, 맛도 보고, 소리도 하고, 뽀뽀도 하고 이렇게 많은 것을 하니까 내가 제일 중요한 거야. 남이 화나게 하면 내가 나서서 화풀이도하고 욕도 하며 용감하게 싸우지. 너네는 싸울 수 있어?"

"내가 눈으로 보여주니까 상대방이 어디 있는지 알고 떠드는 거지."

"모르는 소리 작작해!"

"내가 남이 욕하고 흉보는 소리를 파악하여 알려주니까 그렇지."

"내가 공기를 들어가게 하여 숨을 쉬게끔 하니까 살 수 있는 거야!"

"천만의 말씀 공기는 입으로도 들어가니까 죽지는 않아!"

"입으로 들어가면 온갖 먼지나 세균이 침투할 수 있으니까 위험해!"

"네가 눈을 감아봐라. 세상 사람들이 제일 먼저 코 베어 간다고 말하잖아!"

"왜 그렇겠는가? 제일 보잘 것 없으니까 너를 베어 간다고 하는 거야!"

"사람들이 자존심이 강하면 콧대가 세다고 하지."

"코는 클수록 좋은 거야! 코 큰 사람 중에는 영웅호걸이 많고 그만큼 중요하니까 얼굴 한 중앙에 갖다 놓은 것 아니겠어? 코가 작은 사람들 말이야, 제일 먼저 코부터 고치지? 왠지 알아? 코는 얼굴의 중심이자 얼굴 전체의 이미지에 영향을 주니까 코부터 성형하는 거라고!"

"이것 봐! 귀가 없으면 모든 정보를 얻지 못해서 답답해할걸! 정치인들이 왜 귀가 큰지 알아? 모든 백성의 소리를 잘 귀담아 백성이 원하는 바를 잘 들어주라고 크게 만든 거야."

"입은 말이야 먹는 것 외에도 말하고 대화를 나누니까 의사소통이 이루어져 더 친근감이 있는 것이야. 그것만이 아니야. 맛을 느낀다고 표현하지만 사실은 맛을 본다고 하지 눈이 없이도 입으로도 맛을 볼 수 있는 거야."

"이것들 봐! 병원에 가보면 알 수 있지. 눈은 중요하니까 '안과'라고 독립되어 있지만 귀, 코, 입은 합쳐서 '이비인후과'로 되어 있잖아."

이때 조용히 듣고 있던 눈썹이 이렇게 말한다.

"이 세상에 눈썹이 있는 것은 인간뿐이야! 조물주가 창조할 때 인간에게만 달아준 거지. 이게 얼마나 위대한 건지 알아? 내가 변하는 모양에 따라 따뜻하고, 아름답고, 화나고, 성질내고, 무섭게 변하는 천의 얼굴을 만들거든. 다시 말하면 나를 통해 아름다운 분위기를 창조하라는 임무를 주셨거든? 아무 소리 하지 않고 붙어 있으니까 눈에 뵈는 게 없는가 보네. 원래 제일 중요한 것은 까먹는 수가 있어 이해해. 눈이 중요하다고 떠들지만 위를 향해 들어봐 내가 보이나! 입아! 너는 아무리 떠들어도 내 밑에 있잖아."

그러자 눈이 말했다.

"잘났어, 정말. 코야, 너는 내 밑에 있잖아. 내가 맨 위에 있으니까 제일 중요한 거야! 하나님이 인간을 만들 때 눈이 가장 중요해서 맨 위에다 놓고 다음 코가 중앙에, 입은 맨 아래에 만든 거야. 입아! 너무 많이 헛소리하면 그것은 주둥이야, 주둥이. 알겠어?"

"하하하. 너희가 뭘 모르는 것 같네. 남녀가 사랑할 때 눈을 맞추냐? 코를 맞대냐? 아님 귀를 비벼 대냐? 아냐. 입을 맞추지. 그건 바로 입술을 맞대고 사랑을 표현하는 거야. 어릴 땐 뽀뽀 조금 크면 입맞춤 어른이 되면 키스! 그 맛도 모르면서 떠들어! 무식한 것들… 그리고 내가 좋게 입속 혀를 굴리면 수많은 사람에게 희망과 용기, 즐거움과 기쁨도 줄 수 있지만 나쁜 마음을 먹고 입속 혀를 놀리면 수많은 사람에게 마음에 상처를 입히고, 절망을 주고, 여러 명의 생명까지도 빼앗을 수도 있어! 알겠니? 멍청이들아!"

이렇게 정신없이 설전이 오가는 동안 묵묵히 있던 머리통이 말했다.

"야! 조용히 해. 내가 너희를 다 통제하고 조정하는 거야. 이 무식한 것들아! 어디하나 중요하지 않은 것이 있느냐? 제각기 다 중요한 구조와 기능을 갖고 창조된 감각기관들이야. 하나도 없어서는 안 될 소중하고 특별한 얼굴 구성의 한 부위들이야. 하나의 얼굴에 눈썹, 눈, 코, 귀, 입이 부착된 것은 그 것을 잘 활용하여 인간답게 살라고 주어진 것이야! 눈썹은 눈으로 들어가는 빛과 물, 먼지 등이 눈으로 들어가는 것을 막아주는 방파제 역할이지. 요즘 사람은 눈썹의 역할보다 미용적인 측면에서 문신도 하고 자기 마음대로 그리거나 깎아서 예쁘게 만드는 데만 신경을 쓰고 있는 거야! 왜냐하면 눈썹만큼 얼굴 인상에 큰 영향을 주는 것이 없기 때문이지. 보는 상대방에게 아름답고 따뜻한 인상을 주는 모양으로 그리고 마음에 안 들면 다시 지웠다 그리는 거야. 그러니 눈썹, 눈, 코, 입, 귀 모두 없어서는 안 될 구성 요소야! 자부심을 갖고 당당하게, 기죽지 말고 떳떳하게, 제 역할만 다하면 되는 거야! 잘 나고 못난 것이 어디 있어!"

얼굴 각 부위의 형태나 크기, 비율, 배치는 유전적인 측면도 있겠지만 습관적인 버릇이나 행동에 따라 형성되어 가는 것이라고 본다. 왜냐. 좋은 인상, 좋은 얼굴은 내가 살아가면서 만들어가는 것이고 건강하게 유지해 가는 것이기 때문에…

어떻게 만들면 좋은 인상을 가진 얼굴이 될까?

아주 간단하다! 평소에 좋은 생각을 많이 하면 좋은 인상이 만들어지는 것이다. 좋은 인상이란 항상 웃는 얼굴이라고 생각한다.

거울을 보며 환하게 웃어보라. 얼마나 아름다운가!

웃음은 수많은 질병까지 치료해주는 만병통치약이 아닌가!

"웃음없는 하루는 낭비한 하루."라고 찰리 채플린도 말했다.

화나는 표정, 슬픈 표정, 기분 나쁜 표정을 보이면 거울 속 당신의 모습도 똑같이 화내고, 슬프고, 기분 나쁘게 보일 것이다.

발자크는 "사람의 얼굴은 하나의 풍경이다. 한 권의 책이다. 얼굴은 결코 거짓말을 하지 않는다."라고 했다. 또 나이 마흔이 넘으면 자기 얼굴에 책임을 져야 한다는 말도 있다. 그 나이를 불혹의 나이라고 하는데, 결국 사십 년 넘게 살면 얼굴에 모든 것이 나타난다는 뜻이다.

먼 훗날 당신의 얼굴에 넉넉하고 따뜻한 인상이 그려진 풍경을 보는 그 날을 위해 파이팅! 그러기 위해서는 어떻게 해야 할까?

모자를 벗어 손에 들면 지나는 세상에 적이 없다고 하네.

길에서 만나는 얼굴 없는 스승들

B·M·V의 만남

인간 세상에서 살아가는 박테리아(B), 곰팡이(M), 바이러스(V)가 모여 점점 발전하는 현대사회의 복잡한 환경 속에서 살아남기위해 비밀리에 만남을 가졌다.

바이러스(V) 왈 "인류의 역사에서 나는 인간에게 무시무시한존재였다는 기록을 가지고 있지. 나는 체구가 작지만 힘은 무지무지 세거든. 인간은 나를 무진장 두려워하고 내가 한번 출현하면 공포에 떨곤 했지. 내가 그 유명한 인플루엔자(독감), 조류독감, 에볼라, 천연두, 에이즈 등의 이름으로 세계를 강타했던 전염병균이라고! 하지만 나는 자체증식이 불가능해. 그래서 숙주가필요해. 아직까지 나를 방어하는 백신은 없어. 그래서 인간이 떨고 있는 거야. 2014년 아프리카를 강타한 내가 에볼라바이러스야. 에볼라 몰라? 나를 무력화시키려고 인간은 끈질긴 노력과 연구를 하는 거야!"

"내 이력도 화려하거든 들어 볼래? 나는 미생물의 한 종류인데 그냥 두루뭉실 엮어서 세균, 영어로 박테리아(B)라고 해. 콜레라, 충치, 폐렴, 결핵, 장티푸스, 위궤양, 식중독, 흑사병, 매독, 파상풍 등 동물과 식물 가리지 않고 침투하여 피해를 주거든. 내가 바로 박테리아야. 인간은 참 현명해! 나를 잡기 위해 백신도 만들고 항생제도 만들어 나의 영역을 무력화해 가고 있잖아! 바이러스는 2차 감염이 있지만, 나는 치사하게 2차 감염은 일으키지 않아. 한 번 공격해보고 아니다 싶으면 빨리 생각을 바꾼다고! 또 인간들이 우리를 역으로 이용하여 에너지를 만들고 방어나 예방 수법을 개발해서 내가 살 환경이 많이 파괴되어 가고 있다고!"

"야, 넌 정말 이력도 좋고 조금은 양심적인 것 같아 보여. 난 말이야 팡이야. 팡이, 곰팡이(M). 이름도 꽤 아름답지 않아?"

"너는 역사에 무엇을 남겼어?"

"생활환경과 생태적으로 인간의 삶과 밀접한 관계를 가지기 때문에 친숙하게 지내. 너희는 더럽고 오염된 환경에서만 활동하지만 나는 온도, 습도, 영양분 중 한 조건만 없어도 살 수가 없거든. 천식, 알레르기 비염, 호흡기질환, 기침, 구토, 습진, 피부병, 두통, 피로 등 크게 피해를 주지는 않지만 자주, 여러 번 고통을 주고 있지. 그뿐이 아니고 나는 죽은 생명체를 해체하는 지구의 청소부로 생태계의 순환을 도와주기도 해. 나는 인간을 죽음으로 몰아가기도 하지만, 질병으로부터 살리기도 해. 내가 없으면 인간도 이 세상에 존재할 수 없는 거야!"

"병 주고 약 주는 얄미운 팡이야. 왜 인간은 병에 걸리면 우리 탓으로 돌릴까? 자기들의 면역이 약한 탓은 감추고 말이야. 자기들이 사는 환경이 더럽고 생활방식이나 활동이 무질서하고 습관이 잘못되어 병이 나타나는 사실을 모르고 말이야! 요즘 모 방송 TV 광고에도 우리가 등장하는 것 봤지? 아프기만 하면 우리 탓! 이제는 우리도 가만 있지 않겠어! 왜 아프면 우리한테만! 흑흑! 다이어트 한답시고, 잘 먹지도 않고 맨날 TV, 스마트폰에, 컴퓨터에 애들 면역력 떨어져서 아픈 게 어째서 우리 잘못이냐고!"

"그래도 인간은 영리해. 글쎄, 어떻게 알았는지 우리의 비밀을 캐내어 활용하고 있어. 그래서 누룩곰팡이와 푸른곰팡이는 그들에게 완전 이용당하고 있잖아. 우리가 현대사회에 주목받는 이유는 인간의 생활과 환경에 영향을 주는 것은 물론 미래에도 우리 셋의 전염성이 인류 생존을 위협하거나 인간과 함께 이 지구를 지배하는 보이지 않는 지배자가 될 수 있기 때문이야. 전쟁이 무서운 게 아니라 우리 셋의 장난으로 더 무서운 시대가 올지도 모르니 인간은 각자 위생 상태나 환경을 깨끗이 하여 예방이 최우선임을 알아야할 거야. 외출 후에는 항상 손을 깨끗하게 씻고 주변을 항상 청결하게 유지하며 상한 음식은 먹지 않아야 저들의 공격을 막을 수 있을 거야."

"'한 번쯤 아파보는 것 그것이야말로 내가 건강하다는 증거이다!'라고 외친 알렉산더 로다로다의 말을 상기하면서 노령 시대

건강관리 잘하면서 즐겁게 살라고!

　아프지 않고 사는 것이 자식에게 사랑받고 나라에 애국하는 길
이라는 것도 꼭꼭 상기하고!"

저승에도 자율권이

사람 사는 세상에는 이승과 저승이 있다고 한다.

이승은 지금 살고 있는 세상, 즉 내가 생명을 얻어 살아가고 있는 현재의 세계를 말하며 금생, 금세, 차생, 차세, 차승 등의 비슷한 용어가 사용되고 있다.

저승은 사람이 죽은 뒤 그 혼이 가서 산다고 하는 세상을 말하며 나락, 지하, 염라국 등 비슷한 뜻으로 사용되는 용어도 있다.

이승에서 생을 다하여 죽은 뒤 가는 곳이 저승이라고 한다. 기독교에서는 저승을 천국과 지옥으로 구분하고, 불교에서는 천당(하늘궁전) 또는 하늘나라, 극락, 정토 등과 지옥으로 표현하고 있는 것 같다.

기독교나 불교 모두 이승을 떠나 가는 곳의 공통장소는 저승인 것 같다.

역사를 통하여 볼 때 사후세계를 정확하게 설명하는 논리적 근거는 아직 없는 것 같고, 결국 속설이나 교단에서 말하는 내용만 존재하는 것이 대부분일 것이다.

공자의 제자가 스승에게 사후세계를 물으니 "살고 있는 세상도 다 알지 못하는데 어찌 죽음 후의 일을 알 수 있겠는가(未知生 焉知死)."라고 답을 했다고 한다.

이승에서 사는 동안 나를 위해 성실하게 생활하며 남에게 누가 되지 않고 스스로 노력하는 사람이면 족하다고 생각한다. 저승에 대해 사람들이 궁금해하는 것은 누구나 같지만, 막상 갔다 온 사람은 드물고 증거도 확실하지 못하니 믿을지 말지는 개인의 몫이 아니겠는가?

우리 속담에 "다른 것은 다 대신해 줄 수 있지만 대신해줄 수 없는 것이 2가지가 있다."라고 하는데, 그게 바로 저승길과 변소길이라고 한다.

시골 어느 마을에 착하고 인정 많은 한 농부 아저씨가 살고 있었다. 그 아저씨는 오늘도 평범하게 들에 나가 농부로서 할 일을 찾아 열심히 농작물을 가꾸고, 기르며 즐겁게 일을 했다.

서산을 넘어가는 태양이 주홍빛 석양으로 붉게 물들 때 마을을 돌아 흐르는 냇물에서 발을 남그며 하루 흘린 땀을 씻어내고 피로를 녹여낸다. 그러다 보면 별이 한두 개씩 나타나고 하늘을 남보랏빛으로 변할 때쯤 집 앞에 다다른다. 어머니와 아내 자식들이 반겨 맞아주니 오늘 하루 보람과 삶의 가치가 더욱 느껴지

길에서 만나는 얼굴 없는 스승들

는 기분 좋은 하루였다.

밥상머리에 들어앉아 맛있게 저녁을 먹으면서 하루 동안 각자의 일에 대해 대화를 하며 서로의 관심과 애정을 확인하고 오늘 하루도 감사하게, 뜻깊게 살았다는 마음의 위안을 가진다. 그리고는 고된 하루의 피로 때문인지 일찍 자리에 누웠다.

한참 고단하게 잠을 자는데 검은 갓과 두루마기를 입은 저승사자가 나타나더니 함께 가야겠다고, 빨리 일어나라고 해서 자던 복장으로 비몽 간에 따라나섰다.

어디로 가는 것이냐고 물었더니 염라대왕 앞에 간다고 한다.

어둡고 긴 터널 같은 길을 걸어 드디어 다다른 곳은 저승이었다.

농부 아저씨는 "여보시오 나는 아직 여기 올 나이가 아닙니다. 제가 왜 여기에 와야 하는지 그 이유가 무엇입니까?" 하고 물었다.

저승사자는 "네가 여기 왜 왔는지는 염라대왕님이 말해줄 것이니 나를 따라오너라."라고 답하면서 농부에게 3일 동안 천국을 보여주고 다음 3일 동안 지옥 세계를 보여준 뒤 최후의 심판이 기다리는 곳으로 나갔다. 그곳에는 앞서서 천국과 지옥을 구경하고 온 명태포라는 사람이 심판을 받고 있었다.

염라대왕은 그에게 이승에서 가장 잘한 일과 가장 잘못한 일을 한 가지씩만 말해보라고 했다.

명태포라는 사람은 염라대왕에게 다시 물었다

"잘한 일을 먼저 말할까요. 잘못한 일을 먼저 말할까요?"

"너 좋을 대로 하거라."

명태포는 이승에서 한 일 중 무엇이 잘한 일이고 무엇이 잘못한 일인지 모르기 때문에 자신을 위해 열심히 살았다고 진술했다.

"그럼 넌 너를 위해 살았고 남을 위해 살지는 않았다는 말이구나! 남을 위해 사는 것도 가치 있는 일이거늘. 이쪽으로 가서 함께 고통을 느껴 보거라."

염라대왕은 그렇게 말하고는 지옥으로 가는 길로 안내했다.

다음이 내 차례구나 하며 크게 숨을 내쉬며 농부는 염라대왕 앞에 섰다.

장부를 보던 염라대왕은 저승사자에게 물었다.

"이자는 왜 데려왔는가?"

"명부에 적힌 대로 순번이 되어 데려왔습니다."

"아, 이 사람이 아니라 ○○도 사는 ○○○인데. 이름과 생년월일이 같아 착각을 한 모양이군! 저승사자도 혼탁한 세상을 드나들더니 치매가 온 것 같아 오락가락하는구나! 이일을 어찌할꼬! 자네는 앞으로 50년 후에나 오게나."

농부가 물었다.

"그때는 그럼 어느 쪽 길로 가야 합니까?"

"그건 네가 알아서 가고 싶은 대로 가거라."

염라대왕은 그에게 선택할 권리를 주며 이승으로 돌아가게 하였다.

긴 꿈에서 깬 농부는 참 이상하고 기이한 일이라고 생각하며 눈을 떠보니 주위에 가족과 친지를 비롯한 동네 사람들이 모여 있었다.

꿈을 꾸는 25시간 동안 죽은 줄로 알았던 모양이다. 농부는 그동안 있었던 일을 동네 사람들에게 열심히 이야기했다. 저승사자가 와서 가자고 해 따라간 것이 염라국이었고 그곳의 생활을 본 대로 이야기해주었다.

"50년 후면 100살이 넘어가는 거 아냐?"

"그동안 내가 남을 웃기는 기술이 없어서 웃음을 주지 못했는데, 앞으로는 많이 웃게끔 노력해야 할 것 같다. 어보게들. 염라국에 갔더니 천국은 이승과 달리 싫증 나거나 짜증나는 일도, 피곤한 것도 없이 항상 즐겁고 모든 것이 풍요로운 것이라 생각하네. 지옥은 고통스럽고, 힘든 징벌의 장소로 알고 있는데 내가 가보니까 말이야 놀라울 정도로 변했더라고…. 요즘 지옥도 살만해졌어!"

"어떻게?"

"요즘 지옥도 우리나라에서 일어났던 새마을 운동이 한참이더군! 그래서 삶이 좀 나아져 견딜 만 하대. 그렇다고 이승에서 막살라는 게 아니야. 제멋대로 살면, 인간답게 살지 못하면 새로 신설된 새벽별 보기 운동하는 곳에 간다고 하더라. 그러니 지금까지 잘못 살았으면 마음 고쳐먹고 노력해 봐! 가는 길은 얼마든지 열려 있지. 또 저승길도 벗이 있어야 좋다고 한다. 왜냐하면 어떤 역경 속에서도 함께하는 사람이 있어야 마음이 든든하고 힘든 줄 모르니까! 이승에 있을 때 멋있는 동무, 아름다운 벗, 가치 있는 친구 많이 만들어 봐! 그게 남는 재산이야. 고급재산 말일세. 하하하! 아무도 모르는 세상, 누구나 가야 하는 세상이기에 이승에서 빚은 남기지 말아야지. 개똥밭에 굴러도 이승이 낫다는 속담을 잘 음미해보면서…"

길에서 만나는 얼굴 없는 스승들

여행의 소리

IV

늘 푸른 녹색의 광활한 공원과 목장이 널브러져 있고, 사회복지제도나 환경이 깨끗한 나라, 세계에서 가장 살고 싶어 하는 나라 호주!

부러운 것도 있고 휴양지, 관광지도 많지만, 나는 우리나라 대한민국도 멋진 풍광을 자랑한다고 생각하며, 산과 강이 사계절에 따라 옷을 갈아입는 모습은 정말 경이롭다고 생각한다.

봄이면 풀과 나무가 생명의 싹을 틔우고, 꽃들이 저마다 아름다운 자태를 뽐내기 위해 꽃망울을 터트리는 순간의 신비함, 여름이면 울창한 숲이 우거진 산과 녹색 들판, 가을이면 형형색색의 옷으로 갈아입는 오색의 단풍은 어느 나라에서도 보기 드문 장관이다. 특히 겨울에 내리는 하얀 눈은 욕심도, 미련도, 허물도 모두 다 덮어주고 세상을 하얀 깨끗함으로 만들어준다.

꽁꽁 언 땅 밑에서 새싹을 틔울 따뜻한 희망을 품은 채 새봄을 기다리는 사계절이 있어 더욱 좋다.

깔딱고개

남산이라 깔딱고개 얼마나 힘드길래
올라가는 사람마다 배낭 지고 할딱할딱
오르면서 힘들면 번민하나 내던지고
그래도 힘이 들면 미움마저 내려놓고
정상에 올라보니 마음 또한 상쾌하네
그윽한 산 내음 숲의 향기 가득 담아
우리 집 앞마당에 살포시 펼쳐주니
남산의 정기가 뜰 안에 가득하네.

푸른 초원의 나라 호주를 가다

2013년 11월 30일. 우리는 20시 05분 대한항공 KE-123편 여객기에 몸을 싣고 인천국제공항을 떠나 호주 브리즈번으로 여행을 시작했다.

기내 안에서 무료한 시간을 보내는 것이 아쉬워 기내 좌석 앞 모니터를 켰다. CNN이 선정한 한국의 10가지 자랑 중 한 가지가 '한국 여객기 승무원의 미소와 친절과 봉사로 최상의 서비스를 제공하는 것'이라는 뉴스는 한국인의 위상과 긍지를 갖게 했다. 9시간 반을 날아가야 하는 장거리 여행에 피로와 짜증이 동반되는 건 모두의 느낌일진대, 그분들의 헌신적 서비스 정신은 참으로 긴 여정에서도 청정제에 가까우리만큼 청량해 만족했다.

시속 850~940Km/h, 고도 12,000~13,000m 위에서 나는 기내 안에서 창문 너머로 나타나는 하늘 아래 모습은 참으로 아름다운 한 폭의 그림이라고 느껴진다.

기내 안의 서비스 제공도 어린아이, 장애우, 노약자 순으로 조직적이고 체계적으로 진행되는 모습에 인간 세상의 질서가 잘 이루어져 가는구나 하는 느낌을 받았다.

12월 1일 오전 7시 30분. 브리즈번 공항에 도착해 입국 절차를 마치고 밖으로 나오니 기온도 25℃ 내외로 여름이라고 하지만 습도가 높지 않고 바람이 조금 세게 부는 탓에 더위는 그리 덥지 않다는 느낌을 받았다.

브리즈번이란 도시는 호주에서 세 번째 큰 도시로 공항에서 시내로 들어오는 길이 너무 깨끗하고 단정하게 잘 정돈되어 있고, 브리즈번 강을 끼고 형성된 자연환경이 마치 녹지대를 연상케 하며, 젖소와 양 목장과 과수원이 잘 조성되어 있다고 한다. 또한 아름다운 해변과 건축물의 모양이 각양각색의 조형미를 드러내 도시 전체가 매우 아름답다는 느낌을 받았고, 사람이 살기에 적합한 환경과 기후가 사람들의 마음을 여유롭게 만들어준다는 점에서 휴양도시로서의 가치가 높은 것 같다.

대기하고 있는 전세버스에 올라타고 곧바로 커럼빈 야생동물보호 구역으로 달려갔다.

버스에 동승한 가이드는 한국인이었는데, 어디를 가나 우리에게 뼈 있는 이야기를 들려주며 한국인의 긍지와 자부심을 갖도록 구수하게 이야기했다. 그 모습에서 저들이야말로 진정 조국을 사랑하는 사람들이 아닌가 하는 생각이 문득 들기도 했다.

호주에서는 버스 안에서 음식을 먹지 못하도록 관광청에서 엄하게 단속하고 있는 모양이다. 관광객이나 버스를 타는 주민들에게 쾌적한 환경과 불쾌감을 주지 않으려는 배려차원인 것 같다.

환경을 생각하는 마음이 우선인 나라. 어린이 노약자 장애우를 먼저 배려하는 나라. 선진국의 아름다운 모습인 것 같다.

"당신이 먹는 그 음식은 당신의 입을 달게 하지만, 그 냄새를 맡는 다른 사람에게는 독이 될 수 있습니다."

우리도 이런 문구에 귀 기울이는 국민이 되어 보는 건 어떨까?

호주는 인종 차별이 심하다고 들었는데 가이드 왈 인종을 차별하는 건 한국인이 더 심하다고 한다. 스스로는 차별을 안 한다고 생각하지만, 내재된 사고의 틀 속에 깊숙이 숨어 있다가 막상 어떤 상황에서 내 가족과 내 인생, 혹은 나와 관련된 사람이나 연관된 사람이 다른 인종과 부딪치게 되면 생각도 하지 않고 차별적 언어와 행동이 튀어나온다는 것이다.

오히려 호주 사람들은 자녀의 결혼에 대해서도 인종차별이 적으며 공동체 생활에서도 피부색에 관계없이 너그러운 마음이 어우러져 잘 지낸다고 한다.

남의 집 자녀가 외국인과 결혼하면 요즘 세상에 누가 그걸 흉이라고 생각하느냐면서 너그러운 것 같아도, 막상 내 자녀가 외국인 며느리를 데려오거나 사위가 외국인이면 먼저 거리를 두고 차별적인 언어를 사용하거나 행동을 보이며, 같은 한국인끼리도 가진 자와 못 가진 자, 지위가 있는 자와 낮은 자, 명예가 있는 자와 없는 자, 배운 자와 못 배운 자 사이에 소리 없는 차별이 존재한다고 한다. 계급이 다른 이와 부딪치는 순간, 차별하는 언행이 마음속에서 튀어나온다고 한다. 다문화 ,다양성, 다민족이 형성되는 지금, 우리도 사고의 틀을 바꿀 때가 된 것 같다는 생각이 든다.

호주인에게는 느긋하게 기다리는 성향이 있다고 한다. 운전자가 대기 선에서 기다리며 마음이 넓고 화를 내지 않는다고 한다. 컵에 홍차를 타서 마실 때도 호주인은 컵 속에 넣은 홍차 주머니를 흔드는 일이 없다고 한다. 천천히 우러나는 맛과 향을 느끼기 위해서라고. 그들은 그만큼 여유를 가지고 기다린다고 한다. 반면에 우리 한국인들은 홍차를 넣고 즉석에서 흔들어 빨리 우려내 마시고, 자동판매기 앞에서도 컵이 나올 때까지 기다리지 못하고 자꾸 컵이 나오는 입구를 들여다보는 습관이 있는 것만 보아도 성격이 매우 급한 민족인 것 같다.

이야기를 듣다 보니 어느덧 커럼빈 야생동물 보호구역에 도착했다. 호주의 대표적인 동물인 캥거루, 코알라, 딩고, 에뮤 등을 만나기 위해 동물원 입구에서 소형 기차를 타고 안으로 들어갔다. 이곳에는 1,300여 종의 동식물이 살고 있으며 희귀종에 포함되는 식물이 거대한 군락을 이루고 야생동물이 살아가는데, 천국처럼 잘 만들어놓은 자연 속의 동식물 천국이라는 느낌을 받았다.

아이들이 어릴 때부터 부모 손을 잡고 자연의 세계를 보고, 만지고, 느끼며 성장하기 때문에 동물과 공존하는 법을 알고 있는 현명한 어른으로 성장해 가는 게 아닌가 생각한다.

입구에서 얻은 팜플렛 첫머리에 More Austrralian, More Natural, More Fun 이라고 적혀 있는 것을 보았다.

호주에서 사용되는 동전 1달러에는 코알라와 캥거루가 그려져 있는데, 그 이유는 동물을 사랑하는 마음도 있겠지만 두 동물은 전진만 있지 후퇴를 하지 않는다는 정신적 의지를 나타낸 것이다. 그들만의 진취적이고 도전적인 정신이 이민 230년이 지난 지금 세계에서 가장 살기 좋은 나라, 살고 싶은 나라를 건설한 것이라고 생각한다.

커럼빈 야생조류 보호구역 관람을 마치고 브리즈번에서 2시간

걸리는 세계적 해양도시인 골드코스트로 이동했다. 베르사체 호텔과 고가의 요트가 즐비한 골드코스트 최대 선착장인 마리나미라지에 도착하여 해변풍경의 또 다른 즐거움을 느끼게 한다.

거리를 거니는 호주인의 얼굴에 여유가 느껴지며 자연과 더불어 사는 그들의 마음도 늘 푸른 것 같이 풍요가 뿜어져 나오는 것 같다.

퀸즐랜드 최대 규모를 자랑하는 퍼시픽페어 쇼핑센터에 들러 호주 특산물인 밍고, 아보카도, 배, 사과, 패션후르츠, 포도 등 열대과일을 사서 숙소로 와 저녁 늦게 과일 파티를 했다.

12월 2일. 아침 7시에 일어나 호텔 내 식당에서 조식을 마친 후

9시부터 2시간 동안 자유 시간을 가졌다. 우리는 서퍼스 파라다이스 해변을 걸어보았다.

해변가 바로 옆에는 건물마다 각양각색으로 디자인된 고층건물이 즐비하고 하나도 같은 건물이 없이 특색 있는 구조로 멋과 아름다움을 표현해 휴양도시의 면모를 느낄 수 있도록 바다와 조화가 잘 이루어져 있었다.

아침 기온은 26℃~27℃로 구름이 약간 있었으나 맑았고, 바람이 불어 다소 서늘한 느낌이었는데 호주 사람들은 환경과 기후에 적응이 된 탓인지 아침부터 해수욕이나 윈드서핑을 하는 사람들, 금빛을 발산하는 고운 모래 위에 뒹구는 여인과 태닝을 즐기는 사람들이 있었다. 그리고 한가롭게 모래 언덕에 옹기종기 모여앉아 졸고 있는 바닷새가 이따금 우리가 걷는 '뽀드득뽀드득' 발소리에 귀찮다는 듯 피하지도 않고 사진 모델로 등장하곤 했다.

우리도 해변의 모래알 위에 발자취를 남기며 사진도 찍고 새들과 아침 운동을 했다.

해변에서 여유를 만끽하고 11시부터 오후 일정에 들어갔다.

탬버린 마운틴 관광을 위해 버스를 타고 이동하던 중 가이드가 말하기를 동양인은 그 행동만 보면 어느 나라 사람인지를 안다고 했다.

관광지를 100m 앞에 세 사람이 서 있다고 할 때 시끄럽게 떠드는 사람은 중국인이고, 고개를 갸우뚱거리거나 끄덕끄덕하면

일본인, 장승처럼 무감각하고 무덤덤하게 서 있으면 한국인이라
고 한다.

　우리 한국인에게는 위의 조크처럼 양반 기질이 있어 표현에 익
숙지 않고 겉으로 나타내지 않고 감추는 것이 미덕이라는 가치관
에서 비롯된 것이 아닌가 싶다. 하지만 요즘은 자기를 잘 표현하
고 자랑하며 당당히 나서는 사람이 인정받는 시대인만큼 나의 꼴
값도 정당하게 표현하는 자세를 가지는 게 좋다고 본다.

잠시 후 예술가들이 직접 만든 작품을 구경할 수 있고 구매할 수도 있는 예술가의 거리 갤러리워크(산곡대기의 마켓)에 도착하여 40분간 구경하고 이곳저곳 다녔다. 호주 사람들의 작품과 생활상, 유명한 퍼지, 유리공예, 액세서리, 목공예로 만든 수제 시계, 맥주나 와인 시음장 등도 볼 수 있는 곳이다.

파란 하늘과 푸른 들판 아름다운 호수가 있는 시다크릭 와이너리에 도착하여 포도 농장과 그곳에서 재배한 포도로 수많은 종류의 와인을 만드는 공장 및 시음장에 들어갔다. 그곳에서 와인에 대한 상식을 배우고 각종 와인의 맛과 향을 음미하며 마시는 시음 기회도 가질 수 있어 특특한 여행의 한 코스였다고 본다.

　이어 1년 6개월에 걸쳐 만들어진 2개의 인공동굴인 시다크릭 반딧불 동굴을 관람하였다. 동굴에 들어가자 반딧불이의 성장 과정과 반딧불의 빛 발광에 대한 내용을 배울 수 있었고, 주의사항을 들은 후 동굴로 들어가 실제 발광현장을 보고 사라져 가는 반딧불을 접함으로써 옛 추억을 만나는 시간을 가질 수 있었다.

　이곳에서 본 반딧불이는 곤충처럼 생긴 벌레 같다는 생각이 든다.

　이곳에서 호주산 오리지널 소고기 스테이크로 점심을 먹고 다음 장소로 이동하였다.

　호주는 광활한 토지 위에 목장이 잘 발달한 나라여서 청정

소고기와 양모가 유명하다고 한다. 그래서 양털 깎는 체험장에 들러 관련된 공연과 털 깎는 모습을 보고 양모 공장까지 들러보았다.

양모는 털 사이에 공기가 잘 이동할 수 있고 먼지가 털 사이에 끼지 않고 정전기도 발생하지 않기 때문에 냄새도 나지 않는다고 한다. 게다가 호주는 습도가 낮은 나라이기 때문에 진드기나 미생물이 기생하지 않는다고 한다.

함께 간 여행객들이 많은 관심을 가지고 구입에 적극 나서기도 했다. 어린아이를 키우는 가정에서는 양털 매트가 필요한 것 같다.

어린아이를 재울 때 목화솜이나 캐시미론은 아이가 엎드려 있을 경우 질식사를 일으킬 위험이 있는데, 양모 매트는 털 사이로 공기가 드나들어 질식을 예방해준다고 한다. 솔직히 사실인지는 모르겠다.

오후 늦게 브리즈번에 있는 카지노에 들어 심심풀이 1달러 즉석 복권을 해보았다. 우리나라 복권 용지는 45번까지 숫자가 있고 6개를 맞히면 1등이지만, 이곳 복권은 80개의 숫자가 있어 총 10개를 표시하는데, 4개를 맞히면 1달러 본전을 되찾을 수 있고 10개를 다 맞히면 11억 원을 그 자리에서 받는다고 한다.

카지노를 나와 저녁을 먹고 숙소에 들어오니 피로가 찾아와 눈이 감긴다.

다음날 새벽 4시에 일어나 세수하고 짐 정리. 5시에 브리즈번을 떠나 시드니로 향하는 비행기를 타기 위해 공항에 도착해 수속을 마친 후 호텔에서 준 간단한 도시락으로 요기한 다음 7시 25분 비행기에 탑승하여 1시간 25분 만에 시드니공항에 도착했다. 그리고 버스를 타고 말로만 듣던 불루 마운틴으로 향했다.

가는 도중 시드니에서 교체된 가이드가 우리를 반겼으며, 버스 안에서 능숙한 입담과 재담으로 우리에게 신선한 이야기와 상식을 알려주곤 한다.

호주는 우리나라의 78배에 해당하는 넓은 땅을 가진 나라로 앞으로, 뒤로, 좌우로 보아도 보이는 것은 끝없는 녹색 잔디와 농장, 그리고 희귀한 열대목 산림이라고 한다. 그렇게 녹색으로 꽉 채워진 캔버스 위의 그림 같은 나라, 하늘이 내려준 자연유산을 지닌 힐링의 나라, 천연자원의 풍부한 풍요의 나라 호주!

이 호주에 세계자연유산으로 등재된 블루마운틴이 존재하고 있다. 우리는 그곳으로 설레는 가슴을 부여잡고 달려가고 있다.

가이드의 설명을 들었는데 그의 이야기에는 마음이 아픈 내용도, 반성해야 할 내용도, 그리고 듣고 깨우치고 고쳐야 할 내용도, 본받아야 할 내용도 있었다. 그것을 받아들이는 것은 우리의 몫이라는 생각을 해본다.

호주는 청정 자연 속에서 자라는 소로부터 오염되지 않은 고기를 얻는다고 한다. 그 때문에 호주의 먹는 문화는 굽는 문화 또는 그릴 문화라고 한다.

길에서 만나는 얼굴 없는 스승들

굽는 정도에 따라 레어(덜 구운 것), 미디엄(중간 정도 구운 것), 웰던(살짝 태운 것)으로 나누며 식성에 따라 제공된다고 한다.

소는 보통 부위에 따라 용도와 등급이 다르지만 1등급에서 15등급으로 나눈다고 한다.

그러면 1~3등급 고기는 누가 먹을까?

우리나라에서는 아마 고위급 인사나 부자 아니면 특정 호텔 조리나 외국인 상대 음식점에 납품될 것이라 추측한다.

호주인의 생각은 우리와 엄청나게 다르다.

1~3등급의 소고기는 학교 급식에 납품되는 것이 호주의 법이라고 한다.

미래의 호주를 짊어지고 갈 새싹을 바르고 건강하게 키우기 위해 국민들이 앞장서고 법이 수호하는 건강한 사회질서는 아름다운 호주를 만드는 기틀이 아닐까?

그다음 등급은 실버타운과 병원에 들어가며, 7~9등급은 수출하여 외화를 벌고 나머지는 자국민 식단에 오른다고 한다.

우리도 학교급식에 유통기한이 지난 것, 등급이 낮은 것, 맛이 없는 것을 공급하는 것을 부끄럽게 생각하고, 돈을 위해 양심을 파는 식자재 업체나 공급자, 학교에 납품되는 식품을 부실하게 관리하는 정부 모두가 3분만이라도 반성의 시간을 가져보는 것은 어떨까?

블루마운틴은 1,017m 정도인데 바다가 융기하여 생성된 산으

로 그랜드캐니언보다 훨씬 먼저 생성된 오래된 융기 지형이라고
한다.

 미국의 그랜드캐니언은 침식작용에 의한 협곡인데 반해 블루
마운틴은 바다가 융기하여 솟아올라 형성된 협곡이라고 한다.
1,000m에 이르는 높은 산이 예전엔 바다 밑에 있었다는 사실이
느껴지는가.

 이곳에는 세계 어디에도 없는 유칼립투스 나무 군락지와 공룡
소나무가 서식하고 있다고 한다.

 이곳은 유칼립투스 나무에서 증발한 에탄올이 햇빛에 어우러
져 빚어내는 푸른 안개현상으로 인해 블루마운틴이라는 이름을
얻었다고 한다.

 블루마운틴 전체를 바라볼 수 있는 에코 포인트에서 멀리 원주
민의 전설이 담긴 세자매봉과 기암괴석을 바라보니 그 엄청난 경

치가 지닌 경이로움과 장엄함이 가슴에 탁 와닿는 느낌은, 가보지 않는 사람은 어떤 말로 설명한다 해도 느끼기 어려울 것 같다.

에코 포인트란 메아리가 돌아오지 않는 곳이라고 한다.

가이드로부터 세자매봉의 전설에 대해 들었다.

에코 포인트에 아름다운 세 자매가 살고 있었는데, 이들 자매에 대한 이야기를 들은 마왕이 세 자매를 자기의 것으로 만들려고 음모를 꾸몄다고 한다. 이이야기를 전해들은 세 자매는 주술사를 찾아가 마왕의 것이 되지 않기 위해 잠깐 동안만 변하게 해

달라고 부탁하였다. 그래서 주술사는 세 자매의 간청을 받아들여 세 개의 바위로 만들어 주었는데, 이 사실을 알게 된 마왕이 주술사를 죽여 버렸다. 그 후 세 자매는 원래 모습으로 돌아오지 못한 채 현재까지 바위로 남았다는 것이다.

사람마다 성향과 취향이 다르겠지만, 죽기 전에 가고 싶은 3곳을 말하라고 한다면 첫째가 그랜드캐니언이고 두 번째가 블루마운틴이며 세 번째가 캐언즈라고 한다.

유칼립투스 나무에서 뿜어져 나오는 산소를 피톤치드라고 하는데, 좋은 공기를 만든다고 한다. 이 나무의 특징은 나무껍질이 벗겨져 알코올이 증발, 산화되는 과정에서 불이 붙어 주변의 잡목을 태워 경쟁자를 없애고 자신의 영역을 넓혀가는 것이다. 또 주변으로부터 몰려오는 균을 없애는 살균작용까지 한다고 한다. 종종 호주에서 대형 산불이 발생하는 것은 자연스러운 현상으로, 이 유칼립투스 나무가 불씨에 의해 자신의 씨앗을 터트러야만 새 생명을 발아시킬 수 있기 때문이다. 이렇게 스스로 방화를 함으로써 나무에 기생하는 병충해를 막고, 주변 나무를 태워 거름을 만듦과 동시에 경쟁식물을 차단하고 씨를 발아시킨다고 한다.

에코포인트 쪽에서 씨닉월드로 향하는 스카이 레일 케이블카를 타고 건너오면서 블루마운틴 계곡의 웅장한 폭포가 바위에 부딪쳐 물보라를 만들고 안개꽃처럼 피어오르는 장엄한 광경에 또 한 번 감탄해야만 했다.

태고의 전설을 간직한 채 부서져내리는 세찬 물기둥을 우리는
그냥 우두커니 바라만 보고 있었다. 엄청난 대자연 앞에서 순간
한없이 작아지는 인간의 존재를 생각하면서 말이다.

문득 한국가요 〈애모〉가 떠오른다.

한마디 말이 모자라서 표현할 수 없는 블루마운틴아
그대 앞에만 서면 나는 왜 작아지는가.
그대 등위에 서면 내 눈은 젖어드는데….

케이블카 밑바닥이 유리로 되어 있어 계곡 아래를 한눈에 바라볼
수 있는데, 자연의 신비가 이런 것이구나 하는 감탄사가 절로 나왔다.

과거 석탄을 실어 나르던 탄광 레일을 개조하여 만든 궤도열차
를 타고 60도 경사진 울창한 삼림 속으로 수직낙하는 기분은 정

말 스릴 만점 또 만점이었다.

그동안 쌓인 스트레스와 피로가 모두 사라지는 상쾌한 맛. 찌릿. 짜릿. 쩌릿.

그 아래로 난 숲 속 산책로 양옆으로 울창하게 들어선 나무들은 하늘을 가린 채 산을 덮고 있었다. 마치 거대한 식물원을 연상시킬 정도로 다양한 수종의 나무들이 빽빽이 들어차고 수천만 년 전부터 존재해 공룡들이 주식으로 먹었다는 고사리 나무와 껍데기를 벗기면서 자란다는 유칼립투스, 나무와 나무가 엉켜 자라는 부부 나무 등 이곳에서 만날 수 있는 희귀종의 식물들이 가득했다. 마치 내가 수천 년 전 원시림에 들어온 착각을 할 정도였다.

유칼립투스 나무는 커가면서 껍질이 계속 벗겨지는데, 이 나무는 매우 단단해 물속에서도 200여 년을 버틴다고 하며, 호주 근교 전신주는 모두 유칼립투스 나무로 세워져 있다고 한다.

길에서 만나는 얼굴 없는 스승들

블루마운틴은 바다가 융기되어 만들어진 산이어서 산 전체가 석탄층으로 변해 버렸고, 이곳에서 금을 캐던 당시의 모습도 볼 수 있었으며, 광산 입구에 마차와 마부, 석탄을 실은 궤도열차의 동상이 있었다.

이곳에서 뿜어져 나오는 산소(공기)가 세계에서 제일 좋다고 하여 마음껏 심호흡한 후 다시 케이블카를 타고 처음 케이블카를 타던 장소로 올라가며 블루마운틴의 장엄한 경관을 다시 한 번 바라볼 수 있는 기회를 가졌다.

블루마운틴에서 시드니로 향하는 버스 안에서 가이드의 입담이 다시 시작된다. 걸리는 시간은 약 두 시간 정도라고 하는데, 시드니 항구에서 석양의 노을빛에 물든 오페라 하우스의 모습을 보기 위해서라고 한다.

호주는 담배 1갑이 우리 돈 27,000원 정도로 세계에서 담배 값이 가장 비싸다고 한다. 흡연 인구는 남자 15% 여자 17%로 많지는 않지만, 각종 매체를 통해 15분마다 금연광고를 내보내 담배로 인한 각종 폐해를 사전에 예방하려는 국가 차원의 노력이 매우 돋보였다.

호주는 세금을 소득의 30%에서 최고 48%까지 내는데 별 불만이 없다고 한다. 그 이유는 의료보험제도가 없는 대신 누구나 병원비가 무료이며 각종 사회보장 제도가 잘 발달해 있고 국가가

이를 관리하고 운영하기 때문이라고 한다.

환경을 우선으로 생각하는 호주에서는 물값이 비싸다고 한다. 그러나 물값을 받는 것이 아니라 페트병값을 받는 것이며, 페트병을 보관, 수송, 수거, 폐기까지 드는 비용을 감안하여 값을 정한다고 한다.

깨끗한 청정의 나라, 환경을 최우선으로 생각하는 나라, 세계적으로 가장 다채롭고 마음이 따뜻한 나라라고 줄줄이 말하는 가이드의 발언에 정말 그런가 하는 의문도 들긴 들었다. 그래도 버스 차창 넘어 펼쳐지는 푸른 초원의 대지와 마을마다 널려 있는 잔디공원들은 정말 부럽기만 했다.

길에서 만나는 얼굴 없는 스승들

자동차 운전석 위치도 우리와 반대였고 운행 방향도 우리와 반대였다. 고속도로를 달리다 보니 도로 자체는 우리나라가 훨씬 좋아 보였다. 아무래도 기술력이나 도로사정에서 차이가 나는 것 같다. 그 밖에도 우리나라와 다른 점이 있다면 중앙 분리대가 딱딱한 콘크리트가 아닌 나무로 사람 키 높이만큼 울창하게 들어선 것이 보기 좋았다는 것이다.

시내로 들어오는 길에 성마리아 성당을 견학할 기회를 가졌다. 호주 구교의 본당이며 호주에서 제일 오래되었다고 하는데, 건물도 웅장하고 앞 광장도 넓어 시민들의 휴식공간으로 활용되고 있다고 한다.

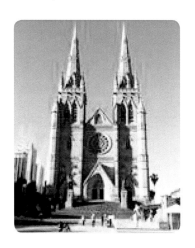

어느 덧 해가질 무렵인 오후 5시 30분이 되었다. 오페라 하우스가 있는 시드니에 도착하여 남북을 가로지르는 시드니의 대표 명물 하버 브리지를 바라보며 석양에 비친 노을과 어우러진 아름다운 오페라 하우스 앞에서 멋진 사진을 찍어보았다.

호주 최고의 여행지 시드니는 항구를 중심으로 형성된 호주에서 역사가 가장 오래된 도시로 천연 항이자 3대 미항 중 하나로 알려져 있다.

하버 브리지는 시드니를 남북으로 이어주는 1,149m에 이르는 세계에서 두 번째로 긴 아치형 다리이며, 조가비 모양의 지붕이 바다와 묘한 조화를 이루는 시드니 오페라 하우스는 하버 브리지의 남동쪽에 위치하며 공연 예술의 중심지로서 잘 알려져 있다. 많은 사람이 해변가에 앉아 와인을 마시며 시드니항의 야경을 바라보는 모습을 보니 이곳이야말로 낭만과 여유가 흐르는 그들의 쉼터이자 삶의 힘을 얻는 충전하는 비타민과 같은 장소인 것 같다.

오페라 하우스 밑에는 노천카페, 레스토랑, 주류를 파는 가게 등이 줄을 지어 있는데 여기서 와인 한 잔 마시며 해 질 무렵 야경을 즐기는 여유 또한 아름나운 추억이 될 것 같다.

오페라 하우스 내부구조는 다음날 다시 와서 견학하기로 하고 오늘 여정을 마무리하는 호텔로 귀가하였다.

다음 날 시드니 시내 투어를 위해 일찍 서둘러 버스를 타고 출발. 시드니 시내가 한눈에 들어오는 시드니의 부촌 더들리페이지에 도착하였다. 이곳은 원래 더들리 페이지라는 개인의 사유지였으나 모든 시민이 즐길 수 있도록 남겨둔 넓은 언덕의 형태의 공간이라고 한다. 그곳에는 누구든 아름다운 시드니항을 감상할 수 있도록 빈 의자가 주인을 기다리고 있었다. 지금은 그 전망을 해치지 않기 위해 언덕에는 어떠한 건물도 지을 수 없도록 철저하게 관리되고 있다고 한다.

우리는 다음 관광코스인 갭팍으로(Gap Park) 이동하였다

아름다운 남태평양의 거대한 물줄기가 시드니 항만으로 굽이치는 절경을 볼 수 있는 곳이 캡팍이라고 한다. 오랜 세월 침식과 퇴적으로 형성된 절벽 바위에 수많은 틈이 생겨서 '갭(Gap)'이라는 이름이 붙었다고 한다. 겹겹이 층이 진 기암절벽 아래 하얗게 부서지는 파도의 경치가 정말 장관을 이루고 있다.

정말 자연은 위대하고, 대단하고, 장엄하고, 말로 표현할 수 없다고 생각했다. 말도 안 되는, 경이로움이 퉁퉁 튀어나오는 감격과 환호 그 사체였다.

갭팍은 기암괴석으로 이루어진 바다 절벽으로 이곳에서 자살하는 사람이 종종 발생한다고 한다. 그래서 여기 전화가 두 대 있는데, 하나는 자살 직전에 "나 죽소." 하고 전화하는 용도이고 다

른 하나는 자살한 사람을 보고 신고하는 전화라고 한다.

우리나라 부산 태종대에서도 많은 사람이 자살을 해서 자살을 예방하기 위해 모자상을 만들어 놓자 자살율이 급감했는데, 그것과 닮은 것 같다.

갭팍을 뒤로하고 버스로 아름다운 해변과 노천카페가 있는 본다이 비치로 향했다.

　가는 곳마다 푸른색 잔디공원과 광활한 그라운드 목초지에서 방목하는 소를 보니 목장 풍경이 너무 여유롭고 자유로움이 묻어나 자연의 품속이 온화하고 안정감을 주는 것 같았다. 한국은 소 한 마리당 차지하는 땅의 면적이 4~5평인데 반해 호주는 3,000평에 이른다고 한다. 가히 놀라울 만큼 넓은 초지 위에서 자라는 소들의 팔자가 부럽기만 하였다.

　본나이 비치는 도심에서 멀지 않은 곳에 푸른 바다와 하얀 모래밭이 펼쳐져 있다. 브리즈번의 골드코스트가 해양 레포츠의 메카라면 본다이 비치는 서핑과 일광욕을 즐기는 가족 단위 해양명소인 서퍼의 메카로 알려져 있다.

"본다이"라는 지명은 호주 원주민의 언어로 바위에 부딪혀 부서지는 파도라는 뜻이라고 하며, 해변가 옆에는 광활한 푸르디푸른 녹색 잔디광장이 있어 호주 국민은 누구나 이곳에 와서 고기를 구워 먹으며 수영도 하고, 서핑도 하고, 휴식도 취하면서 즐기는 해양 휴양도시로 널리 알려진 곳 중 하나라고 한다.

우리나라는 잔디밭에 들어가지 못하게 하나 여기는 공원 내 잔디밭에서 여유롭게 시간을 보내고 고기를 구울 수 있는 전기 그릴도 설치되어 있다. 전기 그릴은 무료로 사용할 수 있다고 하니, 공해 없는 자연을 보존하고 지키려는 정신이 정말 대단하다고 느껴진다.

길에서 만나는 얼굴 없는 스승들

호주에서는 정원과 나무 주변에 나무 목재를 잘게 부수어 독성이 있는 나무 톱밥을 섞어 뿌려 놓았는데, 신기하게도 잡초가 하나도 올라오지 않고, 톱밥이 나중에 발효되어 나무의 거름이 되도록 하는 자연 제초법을 사용하고 있었다. 그것을 보고 우리도 저런 방법을 사용하면 좋겠구나 하는 생각이 들었다.

다음 날 우리는 하버 브리지와 오페라 하우스가 보이는 해변으로 나가 오페라 하우스 내부의 모습과 구조 및 공연장을 들러본 후 유람선을 타고 시드니항을 보기 위해 유람선 선착장으로 향했다. 유람선 배 위에서 바라보는 시드니항은 어떤 모습으로 우리 시야에 나타날까?

시원한 해변을 달리면서 하버 브리지 다리 밑을 지나 오페라 하우스를 바라보면서 선상에서 마시는 한 잔의 술은 너무나 환상적이다.

날씨도 좋고 하늘도 맑고 바다도 푸르니 기분이 최고!

인간과 자연의 조화가 이루어낸 멋진 도시 시드니. 우리는 유람선을 타고 항구 주변을 감상하고 있다.

문화, 역사, 예술, 건축 등이 자연과 조화되어 멋과 미가 배어 있는 도시 한 번쯤은 와 볼 만하다고 느껴진다.

호주는 태풍, 지진, 허리케인, 사이클론, 해일이 발생하지 않는 나라라고 한다.

늘 푸른 녹색의 광활한 공원과 목장이 널브러져 있고, 사회복지제도나 환경이 깨끗한 나라, 세계에서 가장 살고 싶어 하는 나라 호주!

　부러운 것도 있고 휴양지, 관광지도 많지만, 나는 우리나라 대한민국도 멋진 풍광을 자랑한다고 생각하며, 산과 강이 사계절에 따라 옷을 갈아입는 모습은 정말 경이롭다고 생각한다.

　봄이면 풀과 나무가 생명의 싹을 틔우고, 꽃들이 저마다 아름다운 자태를 뽐내기 위해 꽃망울을 터트리는 순간의 신비함, 여름이면 울창한 숲이 우거진 산과 녹색 들판, 가을이면 형형색색의 옷으로 갈아입는 오색의 단풍은 어느 나라에서도 보기 드문 장관이다. 특히 겨울에 내리는 하얀 눈은 욕심도, 미련도, 허물도 모두 다 덮어주고 세상을 하얀 깨끗함으로 만들어준다.

꽁꽁 언 땅 밑에서 새싹을 틔울 따뜻한 희망을 품은 채 새봄을 기다리는 사계절이 있어 더욱 좋다.

애기단풍 오색향연 백양사 기차여행

백양사 정보	
소재지	전남 장성군 북하면 약수리 백암산
창건시기	632년(무왕 32년)
창건자	여환

　사는 일이 바쁘다 보면 가끔은 일상의 생활에서 벗어나 기분전환의 시간이 필요할 때가 있다. 그래서 우리는 오늘 깊어가는 가을의 맨 끝자락인 11월에 일상의 궤도 대신 여행이라는 열차에 올라 전라남도 장성에 있는 백양사를 찾아가는 중이다.

　백양사는 처음에는 백암사였다고 하며, 대한불교 조계종 제18교구 본사(本寺)이나. 백양사는 1,400여 년 전 백제 부왕 32년(631년)에 승려 여환이 창건하고 고려시대인 1034년(덕종3년) 중연이 중창한 후 정토사라 개칭하고 1574년(선조 7년), 환양이 백양사라 불렀다고 한다.

당시 환양 선사가 절에 머물면서 염불을 하자 흰 양들이 몰려오는 일이 자주 일어나자 이를 보고 사찰 이름을 백양사라고 부르게 되었다고 전한다.

백양사는 우리나라 5대 총림 중 하나라고 하며, 총림이란 선원, 율원, 강원을 모두 갖춘 사찰을 말하는 것으로 백양사는 그중에서도 고불총림으로 불리는 고찰이라고 한다.

기차여행의 매력은 무엇보다도 창밖으로 나타나는 자연의 조화가 아닐까?

그토록 뜨겁던 여름의 태양 아래 생명체들의 오묘한 향연과 삶의 끈질긴 역사가 가을의 문턱에서 저마다 다음을 이어줄 생명을 잉태하고자 일을 마무리하는 모습을 차창 너머로 바라본다. 어디선가 불어오는 바람 소리에 그토록 힘들었던 지난날의 고통과 영광을 함께 보듬어주고 어디론가 사라진다.

기차여행은 가을의 아름다움과 여유로움을 함께 담아 일상의 피로를 잠시 잊게 해주고 자연의 경치를 눈으로 즐기며 마음으로 느끼게 함으로써 여행자의 마음을 평화롭게 순화시키는 것 같은 느낌을 주는 듯하다.

버스가 백양사 입구에 들어섰다. 많은 승용차와 관광버스가 뒤엉켜 움직이지 못한 채 서 있었다. 가는 날이 장날이라고 백양사에서 단풍축제 행사가 열리고 있는 데다 하필 축제를 찾을 수 있는 마지막 휴일이라 인산인해를 이루어 차가 움직이지 못한다는

길에서 만나는 얼굴 없는 스승들

것이다.

양옆으로 죽 늘어선 인파는 마치 형형색색의 옷으로 물들인 인간 단풍 같았다. 여기 온 사람들도 1년 내내 땀 흘려 일하고 하루의 휴식을 얻어 오색 애기단풍 구경을 통해 휴식과 안식을 얻으려고 모처럼 오신 분들이 대부분일 것이다.

한 해를 열심히 살아온 그들의 노고를 격려하듯 울긋불긋 물든 단풍이 노란 얼굴, 붉은 얼굴, 갈색, 황색, 푸른색 얼굴로 가지를 흔들며 사람들을 환영하듯 여행객의 얼굴에 웃음과 기쁨을 던져준다.

세상에서 가장 아름다운 단풍 길을 따라 인간 단풍도 자연과 함께 어우러져 더욱 찬란하고 화려한 조화의 물결을 이루니 여기가 별천지가 아니겠는가?

버스가 천천히 움직이며 50여 분 만에 주차장에 다다랐다.

매표소에서 백양사까지 1.5㎞의 산책로는 한국에서 가장 아름다운 길, 가장 걷고 싶은 길 중 하나라고 한다.

버스에서 내려 백양사로 향하는 도로 양옆으로 곱게도 물든 애기단풍 나무가 아름다운 자태로 우리를 환영해주었고, 조금 더 올라가니 700년이 넘는 아름드리 굴참나무가 이곳을 지나는 나그네들에게 맑은 공기와 신선한 기운을 듬뿍 아낌없이 내어준다.

백양사는 갈참나무 군락지로도 유명하지만, 손바닥 크기의 빨갛게 물든 애기단풍으로도 유명하다.

마침 오늘이 백양산 단풍축제의 마지막 날이라고 하는데, 도로 양옆 빈터에 장성군청에서 축제를 열어 공연장, 체험부스, 농산물 판매소, 먹거리 장터 등 볼거리, 먹거리, 즐길 거리를 다양하게 만들었다. 허기진 나그네의 걸음을 멈추게 한 먹거리 장터에 들러 점심을 해결하고 나서 행보를 시작했다.

거리 공연 중 마음을 끄는 예술단의 공연, 작은 키에 날렵한 몸매, 검은 피부를 가진 남녀 4~5명이 악기를 연주하며 노래도 하고 춤도 추는데, 그 날렵한 동작은 그들의 고향에 와 있는 착각을 줄 정도였다.

지나는 객들이 아낌없는 박수를 보내고, 적은 액수지만 공연료를 팁으로 넣는 한국인의 넉넉한 마음이 보기 좋았다.

　수백 년 묵은 갈참나무와 단풍나무가 늘어선 울창한 숲길을 헤치고 백양사로 향하면 백양사에 닿기 100m쯤 전 나타나는 소나무 길이 참 멋들어지게 늘어져 지나는 이에게 푸근한 정을 느끼게 한다.

　곧은 것보다 굽고, 뒤틀리고, 휘어진 모습이 더 멋지고 아름답게 보이는 것은 무엇 때문일까?

　옛말에 등 굽은 소나무가 선산을 지킨다는 말도 있다.

　볼품 좋고 쭉 뻗은 소나무는 건축 목재로 잘려나가지만, 못생기고 휘어진 소나무는 상품으로서의 가치가 없다 보니 그 산에 남아 산을 묵묵히 지키면서 산을 찾는 등산객을 맞아주고 좋은 향기와 신선한 공기를 선사한다.

하지만 지금은 처지가 바뀌어 비싼 가격에 부잣집 정원에서 개고생하며 자란다고 한다.

등 굽은 소나무처럼 지금 당장은 능력이 떨어지고 배경이나 환경이 볼품없어 눈에 띄지 않지만 먼 시간이 지난 후 세상에 빛나는 가치 있는 소나무로 나타난다는 '무용지용(無用之用)', 즉 쓸모없는 것이 곧 쓸모 있는 것으로 변한다는 사실을 깨닫는다.

아무튼 이곳에 늘어선 소나무가 진정 백양사를 지키고 찾아오는 관광객을 맞는 주인 같은 역할을 하고 있는 것 같다.

운문암과 천진암이 자리 잡은 양쪽 계곡에서 흘러내린 물이 만나는 이곳에 작은 호수를 만들고 단풍으로 갈아입은 백학봉의 산새가 물 위에 펼쳐지면서 백암산 제일의 볼거리인 쌍계루가 물 위로 떠오른다.

전하는 바에 따르면 고려 문신 정몽주가 이곳의 화려하고 아름다운 단풍 빛깔에 취해 나라와 임금을 걱정하며 시를 지었다는데, 목은 이색이 쌍계루라 이름 지었다고 한다.

많은 사람이 물속에 비친 난풍의 아름다운 모습을 담기 위해, 단 한 장면을 잡기 위해 연신 물로 카메라 렌즈를 향하고 셔터를 누른다.

사찰 입구에 들어서면 '만암 대종가 고불총림 도량'이라는 비문과 함께 '이 뭐고'라는 화두가 눈에 들어온다.

'이것이 무엇이냐?'라는 물음 또는 다그침의 경상도식 사투리라고 한다.

한 인터넷 글을 보면 인생의 모든 현상에 따라, 변화에 따라 움직이는 이 마음가짐을 관찰하는 것으로 행하고, 머무르고, 앉고, 눕고, 말하고, 침묵하고, 움직이고, 멈춘 가운데 나를 움직이는 마음의 주인공이, 〈이 놈이 무엇인가〉를 관찰하는 것을 말한다고 한다.

외부와 사찰의 경계인 일주문을 지나 조금 가면 사천왕문을 지나야 한다. 사천왕문 앞 표지판에는 불법에 귀의하는 중생을 수호하고 모든 악귀와 잡신을 억압하여 정법도량을 수호하고 존엄한 위업을 과시한다고 적혀 있었다.

이곳을 지나면 속세를 벗어나 신성한 곳으로 들어간다는 불이문이 나타난다.

오른쪽으로 가면 천진암 쪽으로 가는 길이 나타난다. 그곳에서 수백 년 묵은 은행나무가 노란색으로 도배된 듯 노란색의 나뭇잎이 바람에 팔랑거리는 모습은 나비가 춤을 추며 날아가는 모습처럼 장관을 이룬다.

왼쪽으로 걸음을 돌려 백양사 경내로 들어가니 본당인 대웅전이 나타나고 대웅전 뒤에 웅장하게 자리 잡은 백학봉 백학 바위가 솟아있다.

길에서 만나는 얼굴 없는 스승들

대웅전은 본래 석가모니를 주불로 모신 본당이라고 하며 지금 건물은 1917년 송만암 대종사가 다섯 번째로 다시 지은 것이라고 적혀 있다.

대웅전 옆에는 백양사에서 가장 오래된 극락전 건물이 서 있다.

대웅전 뒤에는 부처님의 진신사리가 봉안된 팔층 석탑이 자리 잡고 있고, 많은 신도와 관광객들이 탑 주위를 돌면서 각자의 소원을 빌며 안녕을 기원하고 있었다.

내가 여기서 매우 놀랍고 신기하게 생각한 것은 조용하고 경건하게 기도를 드리고 참배를 하는 신성한 법당인 이곳에서 음악회가 열리고 있었다는 것이다. 나는 그 광경을 보고 깜짝 놀라지 않을 수 없었다.

그만큼 문화의 변화를 접해보지 못한 나의 소치요 부덕이라 생각하고, 자연 속에서 이루어지는 하모니도 경쾌하고 아름다운 문화로 대중과 호흡할 수 있다는 것을 배웠다.

'풍경소리 나를 깨우다'란 주제로 11월 3일 일요일 오후 1시부터 시작된 공연을 우리도 의자에 앉아 30여 분 동안 감상했다.

오랜 무명가수에서 마이웨이로 빛을 본 가수(윤태규)부터 퓨전국악(아이리스)과 무용, 클래식 및 대중가요 등 장르를 넘어 융합하는 산사의 음악회를 평생 처음 접하게 되었다.

대웅전 앞에 모인 관광객은 사백 명은 족히 될 듯했는데, 음악과 함께 자연의 정취와 소리의 향연, 단풍에 취해 즐거워하고 맑게 웃으시는 모습이 삶의 무게를 잠시 벗어나게 하는 청량제로 작용한 것 같다.

사회자(개그맨)가 중간중간 요즘 세태를 풍자한 개그가 마음 한 구석에 스며든다.

우리나라 역대 대통령을 주제로 한 짧고 간결한 풍자도 그럴듯하게 개그로 승화하여 서민과 관광객들에 웃음을 나누어준다.

'말 속에 뼈가 있다'는 속담이 언뜻 머리를 스쳐 지나간다.

병풍처럼 둘러친 백암산 백학봉 아래 자리 잡은 백양사가 천년 고찰로 불리며 봄에는 매화나무 가을에는 애기단풍으로 어우러진 한국의 대표적인 명소로, 대한팔경 중 하나로 손꼽히는 이유를 알 것만 같다.

경내를 돌아보다 보면 빨갛게 물든 단풍나무 한그루가 앙증맞게 우리를 맞이한다. 떨어진 단풍잎을 차마 밟고 지나가기가 너무 안쓰럽다.

떨어진 잎도 조금 전까지 빨갛게 물들어 누군가에게 아름답다, 정말 곱게 물들었네 하며 칭찬받고 사랑받은 잎이었을 텐데….

'인생무상 새옹지마'란 단어가 머리에 번득거렸다.

만세루 앞에 이르니 아름드리 보리수나무가 우뚝 서 있다.

석가모니가 보리수나무 밑에서 깨달음을 얻었다는 이야기에서 이름이 붙은 보리수는 원래 깨달음의 지혜라는 뜻이라고 한다.

백양사 절 안에는 350년이 넘은 백양사 고불매가 있는데 이것은 매화나무 또는 매실나무로 꽃말은 고결, 고격, 기품의 여러 뜻이 있고 진분홍빛 꽃을 피우는 홍매로서 꽃잎이 아름답고 향기가 은은하여 산사의 정취를 돋아준다고 적혀 있다.

경이로운 자연의 변화를 보고픈 사람들에게 즐거움과 기쁨을 안겨주는 숲. 그 숲이 계절에 따라 보여주는 각양각색의 색과 향, 멋과 맛, 그리고 소리가 사람들을 이리로 들어오게 한 이유가 아닐까? 역시 백양사는 1박 2일로 와야 모든 코스를 답사하며 경치를 즐기며 감상할 수 있을 것 같다.

시간이 없어서 여러 곳은 다녀보지 못했다. 약사암, 영천굴, 학바위, 백학봉을 비롯해 좀 더 여유가 있으면 축령산 편백나무 숲이 우거진 휴양림까지 가보지 싶었지만 그러지 못했다. 아쉬움을 뒤로하고 다음에 다시 한 번 기회를 만들어 백양사 완전 정복에 도전해야겠다는 생각을 하고 백양사를 내려와 버스로 장성 8경 중 제3경인 넓은 호수가 자리 잡은 장성호와 그 주변에 조성된 조각공원을 걸으며 힐링을 만끽해 본다.

관광버스로 관광은 많이 다녔지만, 기차여행은 색다른 분위기와 즐거움을 너해주는 낭만이 있는 여행이라고 생각하게 되었다.

지루한 시간을 달래보려는 철도청과 주관 여행사는 여행객을 위해 열차 중간중간에 스트레스를 풀고 여흥을 즐길 수 있도록 열차 칸을 구성해준 것도 또 다른 문화여행을 위한 서비스라 생각한다.

　하루의 짧은 여행이지만 바쁜 일정을 소화하려니 무척 고단하고 힘들었다. 그래도 일상의 업무에서 벗어나 홀가분한 마음으로 자연과 함께 호흡한 오늘은 내일을 위한 에너지 충전의 기회라 생각했다. 나 스스로에게 시간을 투자한 좋은 기회였다고 의미를 부여해본다.

　회갑을 지난 나이. 육십갑자가 한 바퀴 돌아 두 바퀴를 향해 가는 세월의 흐름 속에서 무언가 소중함을 느끼고 그리움이 가슴을 파고드는 허전함이 공존하는 것은 인간만이 누리는 향수가 아닐까?

　그렇기 때문에 우리 모두 하루하루를 소중하게, 그리고 최선을 다하면서 남은 여정의 길을 즐겁게 가야 한다고 다짐해 본다.

내가 산을 올라가는 이유

길에서 만나는 얼굴 없는 스승들

산이 나를 불러서 가는 게 아니야

산이 좋아 가는 것도 있겠지만

산이 거기 있어 내가 가는 것이고

그곳에 가면 무언가 이루어질 것 같은 기대감

그 무엇을 위해 오늘도 나는 산에 오른다.

산이 좋아 가는 것도 있겠지만

산이 거기 있어 내가 가는 거면

무언가 이루어질 그 무엇을 위해 오늘도 나는 산에 오른다.

참고자료

1. 감자의 힘, 비밀
2. 다음 블로그(avonne)
3. 조선일보 기고문 중에서
4. 다음 백과사전
5. 네이버 지식백과 (사전)
6. 위키백과 사전
7. 위키백과 사전(생활속 과학이야기)
8. 네이버지식인(체육학대전 2000.2.25. 민중서관)
9. 다음카페 농업회사 법인(주) 영동 로하스 팜
10. 다음 블로그 따뜻한 비타민
11. 다음 블로그 야구 철학 중에서
12. 네이버 카페 '집단착각과 오류'
13. 디벨로퍼아카데미 안병관의 돈의 정의
14. 다음사전(EBS) 지식 체험학습
15. 다음블로그 (만사여의)
16. 다음 카페 '달팽이 학교'
17. 하동꽃밭(민들레꽃말)
18. 다음카페 '언제나 감사한 마음'
19. 다음 카페 대평향우회
20. 한국민족문화 대백과 사전
21. cafe.daum.net/packgungsun/v9FN/607 중 '신발의 역사'
22. cafe.daum.net/ candlegirls/(2iku/3831 중 '촛불소녀의 코리아'
23. cafe.daum.net/jamwonrunningclub 중 '신발이 의미하는 것은 무엇일까?'
24. kjboo9911.blog.me 중 '돈에 대한 이야기'
25. cafe.daum.nwt/wedthumt/azvu/1000 중 '노년기 우정에 대하여'
26. http://bit.ly/20jh8gl 중 '허물'
27. http://dream.net 21tistory.com
28. http://stop01.tistory.com
29. http://blog.daum.net/applemx215
30. cafe.daum.net/baramjewildflower
31. 『성공의 길은 내 안에 있다』, 이영숙, 살림출판사, 2012
32. 『기다림의 꽃』, 최원현, 타임비, 2012
33. 『당신의 이름은 희망입니다』, 박성철, 책만드는집, 2005
34. 『일본의 재미있는 이야기』, 요시모토 하지메, 다락원, 2007
35. 『논어』, 공자, 홍익출판사, 2016
36. 『다이나믹 일본어 독해』, 오현정, 하스이케 이즈미 등저, 다락원, 2015

길에서 만나는 얼굴 없는 스승들